所愛之人

The Ones We Love

愛する人達

川端康成

Kawabata Yasunari

劉子倩——譯

目次

母親的初戀 005
女人的夢 051
黑痣的信 071
夜間的骰子 091
燕子號的女童 129
夫唱婦隨 153
一個孩子 181
離人 207
歲暮 225

母親的初戀

一

婚禮時，脂粉如果抹得不服貼會很丟臉，所以佐山提醒妻子時枝，不要再讓雪子做需要碰水的家事。

這種事情，本該是身為女人的時枝來注意。況且，單就雪子是佐山舊情人的女兒這層關係，佐山也不方便連這種事都對時枝說。

不過，時枝並未不高興，爽快地說聲「是啊」，點頭同意。

「至少得去兩三次美容院，先習慣一下化妝，否則說不定臨時無法適應厚重的脂粉。」

於是，她叫來雪子。

「雪子，以後妳不要煮飯洗衣了。雜誌上也經常提到，婚禮當天如果手很粗糙會很丟人……。睡覺的時候，記得塗點冷霜，戴上手套，就那樣睡。」

「好。」

從廚房不停擦手走出來的雪子，在房門口稍微跪坐聆聽，但她倒也沒有臉紅，始終垂著頭，隨即又起身去燉東西了。

那是前天傍晚的事——今天的午餐雪子依舊在廚房忙碌。

這樣看來，想必連婚禮當天的早餐都會煮好才出門吧。

佐山這麼想著定睛一看，只見雪子用小碟子盛高湯，正伸出舌頭嚐味道，一邊愉快地瞇起眼。

佐山忍不住靠近，

「好可愛的新娘子。」

說著，輕觸她的肩膀。

「妳煮菜的時候，都在想什麼？」

「煮菜的時候……？」

雪子詞窮了，動也不動。

雪子喜歡下廚，念女校三年級時，她就開始幫時枝打下手，去年畢業後，已等於是她負責掌廚，現在，反倒是時枝會說「雪子，妳幫我嚐嚐看」，讓雪子來調味。

而且，如今到了佐山要把雪子嫁出去時，他有時會忽然覺得，雪子和時枝做菜的口味完全一樣。

即使是母女或姊妹，也不見得口味這麼一致。佐山的鄉下老家，兩個姊姊出嫁前，都讓她們學過做菜，但他想起二姊當時怎麼煮都是甜的，始終惹人笑話。

偶爾回鄉下，佐山雖然懷念老母親做的家常菜，但吃來卻不合胃口，令他無言。如此看來，現在佐山家的味道大概是時枝從娘家帶來的。雪子十六歲時被佐山收養，全然繼承了時枝的口味。今後也將帶著那個口味嫁去夫家。若說不可思議的確不可思議——類似這樣的情形肯定還有很多。

雪子的調味，不知是否合乎男方那個若杉的口味。

佐山有點心疼雪子。
他走進客廳，仰望咕咕鐘，像要大聲命令似的，
「喂，動作快點，我要搭一點零三分開往大垣的那班車。」
「好。」
雪子匆忙端來飯菜。呼喚在後面劈炭的女傭。
雪子也一起坐下，給佐山和時枝盛飯。
佐山看著雪子的手。做家事並未讓她的手變得太粗糙。一方面是她的膚色白皙，不過最主要的，還是因為年紀輕才十九歲。脖子清純的豐腴，彷彿散發暖意。
佐山不意間笑了一下。
時枝抬起頭，
「笑什麼？」
「嗯，我是看雪子戴著戒指。」

「哎呀。因為那是訂婚戒指嘛。是人家送的，所以是我吩咐她，讓她戴上的。這有什麼好笑？」

雪子滿臉通紅，拔下戒指。看似有點慌張，把戒指藏在坐墊下。

「抱歉，抱歉。那當然不可笑，該怎麼說呢，我總是習慣在奇怪的時刻發笑……寂寞的時候，也會一個人噗嗤笑出來。」

佐山半帶辯解地這麼一說，雪子更不自在了，似乎坐都坐不住。

佐山為何發笑，自己也不明白，但雪子羞澀的程度也不尋常。

佐山已經換上旅行的衣服，之後才坐下吃飯，所以一吃完立刻出門。

雪子拎著旅行包，先行去門口。

「我拿就好。」

佐山說著伸出手，但雪子只是悲傷地仰望佐山，搖頭說，

「我送您到公車站牌。」

佐山猜想，她或許有話要說。

佐山是要去熱海，替雪子和若杉的蜜月旅行訂旅館。

儘管佐山特地放慢腳步，雪子還是不發一語。

「妳喜歡什麼樣的旅館？」

佐山再次詢問已經問過好幾次的問題。

「選叔叔覺得可以的地方就好。」

公車抵達之前，雪子始終默默站著。

佐山上車後，雪子依然目送許久。然後，她將一封信投入路旁的郵筒內。不是輕快地隨手投入，而是有點遲疑，動作沉靜。

佐山從公車的窗口回頭，望著雪子站在郵筒前的背影肩膀一帶。他思忖是否還是該等那孩子二十二、三歲之後，再讓她結婚。

那封信，似乎貼了兩張四錢的郵票。不知要寄去哪裡。

二

正如時枝所言，只不過是蜜月旅行要住的旅館，打通電話或寫明信片預約就行了。但是，佐山還是忍不住用構思戲劇腹案當藉口，專程走這一趟。

打從雪子有記憶開始，就飽受繼父和貧窮折磨，被佐山家收養後，雖然生活安定下來了，但說穿了畢竟是寄人籬下。而且若是被親戚收留也就算了，偏偏還是因為奇妙的內情所致。說不定她覺得這是另一種監牢。

藉由結婚，終於可以擁有自己的生活和家庭。

想讓她在婚禮翌晨從強烈的解放感和獨立感中醒來，是佐山的一番心意。最好能找一家視野開闊，彷彿從洞穴來到廣大原野，陰霾的天空乍然放晴的旅館。

南邊可以眺望大海和海角的熱海飯店就不錯，不過飯店的格局，乃至和太多新婚夫妻撞上，恐怕都會讓內向年幼的新嫁娘雪子畏懼。可是話說回來，最近新蓋的旅館那種新式幽會風格的偏屋，好像又太露骨了。

最後，佐山選擇的，是在樹林和小丘起伏的遼闊庭園中，錯落分布古典出租別墅風格的偏屋那種旅館。瀑布和池塘也充滿自然風情，平和悠閒。就像自家的獨棟房子那般自在。也有大浴場。靠近山邊遠離市區也是個優點。

佐山從庭園窺看那樣的偏屋之一，覺得好像有點暗，但他還是立刻決定訂下，回到自己位於本館的房間。

他原本很期待悠閒發呆地度過兩天，所以一本書也沒帶，可是坐了兩小時後，佐山已經開始為無所事事發愁。

「這樣對嗎。真受不了啊。」

他喃喃自語。

他似乎突然發現，思考與想像之泉已經乾涸，有點慚愧。

到底是被什麼欺騙，自以為忙碌地過日子呢？電影製片廠的工作其實並不多。明明才四十出頭，身為劇作家的佐山，已成了退休老人。他不用每天上班。改編無趣小說的工作，一律塞給年輕人，能夠和有著多年交情、志同道合的導演搭擋，寫自己想寫的東西，想必是因為資歷夠深，自己的地位也夠穩固。不過，反過來想，那也表示自己已非活躍於線上的劇作家，而是已成了對製片廠沒什麼用處的人。

電影的人氣變化之快，多年來雖已司空見慣，可一旦落到自己身上，就像當家花旦到了不得不演老人角色的年紀那種狼狽，佐山最近的心情也為此起伏不定。

他很猶豫，不知該以電影編劇的身分重新振作，還是該放棄電影製片廠的工作，回到原本的戲曲界從頭來過。

某大劇場邀他寫明年二月預定公演的劇本，是久違的戲劇工作，因此佐山認為這是轉換跑道的好機會。他想在溫泉旅館安靜地整理構想。

可是，滿腦子都是過去草草寫就的各種電影場景斷斷續續地浮現，令佐山很困擾。那些場景中，也出現了幾位如今早已下落不明的女演員，簡直就像過去的亡魂。

就算再怎麼把那些場景拼湊在一起，終究是電影的定型化情節，看不出個人特色，事到如今佐山不免後悔，自己居然為了那種玩意，消磨了青春年華。

不過，一旦試圖拋棄製片廠專屬編劇的典型想法，他的腦子就一片空白又無聊，一個人簡直坐不住，

「到頭來，還是要叫老婆來嗎？」

佐山說著便笑了，慢吞吞地刮鬍子。

時枝比佐山小十一歲，但她坐鎮在小家庭裡，頗為安之若素。她把一切希望，都放在孩子們身上，早已忘記自己的年輕。佐山覺得，她那樣更

符合天理。像自己這樣，基於職業上的必要，今後也必須在某方面與孩子競爭年輕的人，或許遲早會遭到天譴。

佐山想起，雪子的母親民子，才三十二、三歲，全身關節就好像散了架，精疲力竭的模樣。

闊別十幾年後，他再次見到舊情人，那時民子打從心底堅信不移地說，

「你真的成功了，我很高興。」

因為當面說得太直接，佐山也不好否認。而且，民子還說，

「你的大作我每次都有看。還經常帶小孩去看喔。」

佐山很意外，「大作」這種字眼，實在令人臉紅。那都是根據小說家的原作改編，繼而又經過導演的詮釋才成為電影。而編劇的「大作」成分，究竟有多少？改編時也有各方人士提出要求，他無法自由發揮。若說那是佐山一個人的「大作」，聽來反而像是諷刺。

不過，這不是訴說編劇種種不平的場合，因此佐山轉移話題，問起民子的孩子。——那孩子，就是這次即將出嫁的雪子。

……六年前，妻子時枝帶著孩子買東西回來，發現一個女人巴著自家大門，探頭探腦窺探家中情形。

時枝想繞到後門口。女人看見時枝，就像偷腥的野貓立刻逃走。可是，還沒跑到大馬路，忽然倒向某戶人家的木板圍牆，就此原地蹲下。

時枝覺得很詭異，向佐山報告，

「老公，你能不能出去看一下？」

佐山猜想或許是製片廠的女人，起身出去查看，可是外面一個人影也沒有。他問時枝是什麼樣的女人，

「外表看起來倒是很正常，不過好像是病人。」

「病人……？」

就在夫妻倆這麼談論時，玄關傳來女人的聲音。

時枝看了佐山一眼後，出去應門。隨即臉色大變地回來，

「老公，是民子。」

「民子？」

佐山說著就要起身，時枝卻反應激烈，

「老公，你要見她？」

佐山有點被時枝的憤慨嚇到，

「嗯？怎麼了……？」

「沒出息。」

佐山嗤鼻一笑，正要去玄關時，時枝竟然高聲呼喊兩個孩子，帶著孩子從後門走了。

佐山很驚訝。雖然覺得對不起時枝，卻也有點生氣。背叛他的舊情人忽然來訪，自己卻老老實實去玄關迎接，的確，是很沒出息。對現在的妻子而言，想必是難以忍受的侮辱。

可是，佐山頂多只是猜想，對方上門不知要幹嘛，八成是要借錢，他對所謂的舊情人已經毫無感覺。

時枝的抗議舉動想必連玄關的民子都發現了，真丟臉，佐山反而想替妻子挽回一下顏面。

他努力用若無其事的態度帶民子去書房。

「你太太一定覺得我是個厚顏無恥的女人吧。」

民子再三說。

「如果沒有在外面撞見你太太，今天我本來也打算就此離去。其實我之前也來過你家門前兩三次，可我實在沒臉見你，所以提不起勇氣進來。」

民子的態度卑微得可憐。而且，她對佐山充滿懷念，不只是嘴上說說，是真的在態度上充滿懷念。

弄得佐山甚至覺得，好像是自己對不起民子還厚著臉皮裝沒事。

他問民子現在過得如何。民子一五一十地交代，說她的第一任丈夫罹患肺結核，後來搬回男人的家鄉，照顧他四年後丈夫還是死了，她帶著獨生女，和現在的丈夫根岸再婚已有五年。那種語氣，就像是對很了解自己的親朋好友訴苦。

「這些年真的吃了不少苦。這都是老天爺的懲罰……。那時候，是我自己放走了手中的幸福，所以我已經無奈地認命了。痛苦的時候，就會想起你，於是更難過。是我太任性了。」

她說背叛佐山遭到老天爺懲罰。還說如果當初和佐山結婚，現在一定很幸福。

根岸是曾經浪跡朝鮮的礦區技師，回到國內後也不改其投機的個性，即使運氣好在礦區找到工作，也立刻暴露自己的野心而遭到驅逐，往往連落腳的地方都不確定。民子也追著丈夫走遍各處礦山，偶爾在東京安頓下來，丈夫也逼民子去酒家上班賺錢，只要他手頭有了零用錢，就立刻又離家不知去向。

民子因為長年過勞，身體已經出了毛病，如今心臟和腎臟都有問題，連醫生都驚嘆她這樣居然還能起床工作。剛才也是，她說她被時枝發現而逃走時，眼前突然發黑，就那樣頭暈目眩地倒下。她說她經常昏倒，很怕自己會就此死掉。

民子的臉上毫無血色，手更是瘦骨嶙峋泛著青黑。頭髮也很稀疏。

民子說，這次她已經下定決心要和根岸離婚。

因此，她想開一家咖啡店維持母女倆的生計，懇求佐山借她五百圓。區區五百圓，開不了什麼像樣的店。在咖啡店如流行病蔓延大量出現的業界，真的能夠順利經營下去嗎？況且，以民子這樣的身體恐怕也吃不消。

可是民子說，

「附近有人擁有不錯的店面，正好要返鄉，他說如果我有意接手，就破例以低價轉讓給我。是連同店內家具一起轉手，所以從明天起就可以營業。我女兒也厭惡現在的繼父，很期待開店。」

「妳女兒幾歲了？」

「已經十三歲。馬上就要從學校畢業，可以在店裡幫忙。」

民子愉快地訴說店面狀況和地點。

佐山說自己沒有五百圓拒絕了她。如果努力籌措一下也不是做不到，但手頭的確沒有餘錢。

以為佐山「成功了」的民子，似乎不相信。不過，或許是一開口就碰壁，也反省過自己沒資格上門借錢，她說聲真丟臉，當場崩潰地哭了起來。看來已身心俱疲。

兩人沒有肉體關係，自然更沒有理由要錢。

佐山再次問起孩子。他覺得至少在那女孩身上，應該有昔日戀人的影子，

「她長得像妳嗎？」

「不，好像不太像。眼睛大大的，大家都說她很可愛。我應該帶她一起來才對。」

「是啊。」

「雪子看過你的電影，經常聽我提起你，所以對你也很熟悉喔。」

佐山蹙眉。

時枝尚未回來，但她是帶著孩子出門的，所以佐山並不擔心。

民子哭著繼續訴說現在的痛苦和對昔日的懷念，突然感慨地說，

「佐山先生，你是正經人……」

佐山不解其意。是民子別有企圖，打算和根岸離婚後，開設咖啡店，靠佐山照顧嗎？抑或，純粹只是因為懷念佐山的為人才來的？

民子待了兩小時。

時枝在天色昏暗後歸來。看到佐山的樣子，似乎也消除不安了，並未

對民子的事糾纏不放。他說，結果是來借錢的，並說起民子的身世遭遇。

「不過，虧她好意思來借什麼錢。你打算借給她？」

「手頭沒錢我也沒辦法。——妳剛才去哪了？」

「在公園，讓孩子玩。」

三

在打算讓雪子蜜月旅行時住的熱海溫泉旅館，佐山也再次想起雪子母親說過的那句「佐山先生，你是正經人……」

這聽來也像在嘲笑他。同時，也像是在訴說民子自身遇人不淑的霉運。

佐山之所以幫忙料理民子的喪事，將雪子嫁出去，無疑也是因為他這種個性，以及時枝善良又容易被感動的性情所致。

……民子來訪的兩個月後，某天傍晚，佐山從製片廠回來時，

「今天民子又來了。」

時枝說。

「還帶著孩子……」

「啊？帶著孩子……？什麼樣的孩子？」

「算是不錯的孩子喔。很可愛。比媽媽還漂亮。——如果是你的女兒就有趣了。」

時枝的態度淡定，甚至可以這樣出言調侃，令佐山有點意外，

「然後呢？她們進來坐了？」

「對，坐到剛剛才走，聊了很多。聽起來，她真是個可憐人。怎麼聊都聊不完呢。」

時枝似乎對民子已毫無反感，反而很同情她。而且，對於同情情敵的自己，好像也感到滿足。

儘管民子早已沒有威脅家庭和平的力量，時枝和民子二人居然能像一般女人之間那樣融洽交談，還是超乎佐山的想像。

現在比起佐山，時枝的神情儼然對民子的遭遇更了解，

「她說她和那個叫做根岸的礦區技師已經離婚了。」

「離婚了？那她現在開了咖啡店？」

「好像沒有喔。」

時枝說，民子連獨生女的將來都考慮了，是個相當踏實能幹的女人。

就此，民子再也沒上門，過了半年，佐山偶然在銀座遇見民子。

民子還是滿臉懷念，一路跟著佐山走來。

佐山說時枝誇獎過民子的孩子，民子頓時開朗地微笑，聲稱一定要讓佐山也見見雪子，說著已經自己去攔計程車了。

現在立刻去嗎？佐山覺得被她牽著走有點不情願，

「我現在單身，你完全不用在意。」

民子說。

在麻布十番後巷的家裡，穿著水手服的雪子，在簡陋的桌前做功課。想必正就讀女校吧。

民子喊女兒過來打招呼，雪子起身走來，像一般少女那樣乖巧行禮，之後，默默低著頭。看來不用母親介紹，她早已認識佐山。

「好了，妳去看書吧。」

佐山說，雪子嫣然一笑，乖乖點頭。不過，她還是在佐山面前坐下了。

這個家雖然家徒四壁，但是收拾得很整齊，所以反而顯得冷清淒涼。佐山猜想，是否有哪個男人照拂她們母女，她們才會搬來這裡住。民子的身體看起來稍有好轉。

「當時，我真的還是個孩子，什麼也不懂。簡直是不顧一切，盲目陷入狂熱。——但我漸漸懂事後，心裡一直很愧疚，沒想到，現在還能這樣跟你見面。」

民子又重提舊事。

女兒還在旁邊呢，佐山很困擾。

民子看了雪子一眼，

「沒關係。這孩子，全都知道。——她還問我，真的可以接受佐山太太的好意嗎。」

關於母親的初戀，雪子不知是怎樣聽說的。

「雪子是個沒什麼依靠的孩子，萬一我有個三長兩短，能否請你照顧她一下？佐山先生的為人，我自認已經給她說清楚了。」

民子的話帶著奇怪的意味。

佐山雖然解釋為這是對方的坦誠信賴，可是，一旦開始懷疑民子或許別有企圖，想靠著佐山出資開咖啡店，這番話聽起來似乎也有求他愛雪子的意思。她在兩段婚姻之外，想必還有別的男人，甚至當過小老婆。像民子這樣的女人，為了可能走投無路的女兒，說不定還真會想出那種謀生方式。

不管怎樣，佐山已是中年男人。不可能像清純少年一樣聽信這番話。沒有肉體關係的男女關係等同於兒戲，這是佐山從幾個女人身上學到的教訓。

民子當然正是那些女人當中的頭一個。

當初和佐山訂婚時的民子，正如她自己所言，還是個孩子，雖然肯定處於盲目狂熱的狀態，但她突然和別的男人結婚的原因，年輕的佐山實在無法理解，最後，佐山找到的原因是他沒有奪走民子的肉體。雖然平凡，但對當時的佐山而言，卻是慘痛的事實。

佐山視若珍寶、過於慎重對待的東西，被別的男人毫不在乎地一腳踩碎了。對於年輕女孩肉體的盲目走向，他只能瞪眼目送。

民子投入別的男人懷抱後，佐山也曾去她的租屋處找過她，但她只是

聳肩說，

「我已經不行了。已經變成這樣了。」

「妳明明哪裡都沒變吧。妳不是好端端的就站在這裡嗎？」

佐山當時是真的這麼想。可是，民子忽然站起來，像要趕走佐山般開始粗魯地打掃房間。

佐山事後很後悔，當時，應該用暴力把她帶回去才對。誰更愛民子，誰才能讓她幸福，這些都不是問題。手段粗暴的那一方就是贏家。

被民子背叛，佐山也視為是自己的過錯，沒有責怪女方。——民子是佐山和朋友組成戲劇研究會、籌辦學生話劇時，代替女演員來幫忙的女孩。後來，佐山說想結婚，民子二話不說就同意了。佐山一畢業就進入電影製片廠工作。作為比舞臺劇更新穎的藝術，他對電影滿懷理想和熱情，想讓那個在情人民子的身上開花結果。於是他把民子送進製片廠。如果現在結婚，枉費民子一身才華恐怕難以發揮，而且年輕的他，也不好意思裝傻把自己的女人託給別人照顧，所以他決定至少等民子接到好的角色之後再結婚，於是繼續維持恍若美夢的婚約。那樣的民子，卻被三流電影小報的記者，在漫不經心跑製片廠新聞的過程中，宣稱要替民子做宣傳，就這樣把她拐走了。

民子因此生下雪子，去了鄉下，照顧男人直至他死去。

失去民子的當下，佐山搭乘電車時，只要手碰到和民子同樣年紀的十七、八歲女孩的衣服，就會失控地差點哭出來。

想到民子或許會在他外出期間回到他的住處，他甚至不敢隨便出門。

如今，在十幾年後的現在，民子雖在佐山的眼前，但他對於被榨乾只剩殘渣的女人，已經提不起興趣去品嘗了。

如果民子說的是真的，她始終惦記佐山，心懷歉疚，不勝懷念，甚至對女兒雪子一再提起他，那麼，背叛愛情的到底是哪一方？

民子落魄潦倒，佐山卻如民子所言「成功」了，所以才會發生這種情況。民子只要是悲傷時，痛苦時，想必就會追逐佐山的幻影，想著當初如果和佐山結婚一定很幸福，藉此安慰自己的不幸。

就算真是如此，也姑且當作是民子另有企圖吧，事到如今，至少看起來貫徹愛情的是民子那方，佐山對於自己那段稚嫩的愛情居然沒有消滅，只覺不可思議。

甚至連曾經播種都已遺忘的愛情，雖然歷經波折還是開花結果了，但那乾癟、酸澀的果實，又該如何收取？

更重要的是，佐山發現，打亂民子的一生，令她陷入不幸的，首先竟是自己。愛上民子，遭到背叛、傷心、遺忘，這當中佐山可曾受到任何損害呢？

……佐山匆匆離開民子家。

民子帶著雪子送他出門。

那是坡道，雪子離開二人，獨自走在一側的水溝邊。

「雪子。」
即使民子呼喚，雪子還是再次走近水溝邊緣。

四

——母民子逝，雪子。
收到這樣的電報，是在翌年四月。
「雪子……發電報的人，是雪子欸。那孩子一個人，現在不知道有多困難。你何不去看看？」
時枝說。
佐山也覺得，不知怎的，「雪子」二字的發音，令他悲哀不已。
麻布的房子他只去過那一次，對方後來也沒再聯絡他，不知雪子是抱著什麼心態，用自己的名義傳來母親的死訊。

「不知喪禮是什麼時候，不過如果要去，或許該先準備一點錢再說。」

「那種事……你何必連那種事都……」

時枝臉色難看幾乎發怒，佐山並沒有出錢的義務，但她隨即又以笑容掩飾，說道，

「沒辦法。就當作是最後一次服務吧。真是奇妙的無妄之災。」

說完還替佐山備妥喪服。

民子家擠滿了看似附近鄰居的人，但他們當然不可能知道佐山是誰，

「小雪，小雪。」

他只好喊道。

雪子跑了出來。看起來不像死了母親，儼然是個活潑少女。

一看到佐山，她似乎很驚訝，臉上倏然綻放難以形容的純真喜悅。而且，臉也有點紅。

啊，我果然來對了。佐山感到心頭溫暖。

佐山默默前去死者靈前，雪子也跟來了。

佐山上香。

雪子坐在民子的頭部附近，略微彎腰，

「媽媽。」

她呼喚民子，揭開死者臉上的白布。

比起民子死掉這件事，雪子通知母親佐山來訪，給佐山看民子遺容的舉動，更令佐山動容。

佐山看著沉靜如白蠟的民子，

「遺容很安詳呢。」

雪子點頭。

「媽媽她……」

「她怎樣？」

「她叫我問候佐山先生。」

然後，雪子突然嗚咽，用雙手蒙著臉。

「所以妳才發電報給我？」

「是的。」

「做得好，謝謝妳。」

佐山說著把手放到雪子的肩頭，

「小雪不可以哭喔。妳如果哭了，大家都會很為難。」

雪子乖巧地一再點頭，抹拭雙眼。

佐山給民子的臉蓋上白布。

已是華燈初上。

佐山不可能逕自離開，可是待著也很怪，於是決定先看看情況，獨自躲在角落，卻見雪子忙碌地把坐墊、茶水、煙灰缸一一送到他面前。那種拼命的態度惹人心疼，但她只伺候佐山一人，似乎沒把其他客人放在眼裡。那種露骨的表現，就算雪子還是小女孩，旁人看在眼裡還不知會怎麼想，於是佐山把雪子叫到門口。

可是，雪子在悲傷中，幾乎是無意識的行為，他實在說不出口叫她不能只招呼自己一人。

「幫忙辦喪事的人，是哪一個……？」

「我叫他來吧。」

「不用了。——守靈夜要吃的東西，準備好了嗎？」

「我不知道。」

「那，必須先訂餐點才行。這附近有壽司店吧？」

「有。」

「那我們一起去吧。」

走下昏暗的坡道時，反倒是佐山有點感傷。

因為雪子又走在水溝邊。

「走中間。」

佐山說，雪子嚇了一跳，走過來緊靠他身邊。

「哎呀，櫻花開了。」

「櫻花？」

「對，在那邊。」

雪子指著大宅的圍牆上方。

佐山掏出錢，但雪子就像看到什麼可怕的東西不肯收。

「小雪妳身上也得有點錢，或許用得著。」

他說著，想塞進她懷裡，但雪子扭身閃躲，導致鈔票散落在路上。

佐山想撿起來。

「我來撿。」

雪子明確地說，原地蹲下，突然如決堤般哭了起來。

即使起身繼續走路後，她也哭個不停。

「回到家，就不許再哭囉。」

兩人回來後，也許是這段期間大家已經說好，必須尊重佐山或者仰賴他，總之附近鄰居一有什麼事都來找他商量。

民子的老父親特地從鄉下趕來，但他似乎是貧窮的農民，分不清東西南北，一逕畏縮推託。

附近鄰居似乎也覺得佐山難以親近，極力勸他先去睡，

「小雪這段期間也累壞了，今晚去休息吧。不好好睡覺，明天會很吃力喔。去吧去吧。隔壁二樓已經鋪好被窩了，妳帶叔叔過去。」

雪子站在佐山身旁等候，他只好去了隔壁的二樓。

六帖大的房間鋪了三個被窩。最邊上的那個，已經睡著某個女人，因此佐山鑽進靠壁龕這一頭的被窩。

雪子在中間那個被窩裡，一直動來動去。

「睡不著？」

佐山對她說，雪子頓時又開始抽泣。

佐山從遠處摟了一下雪子的脖子。雪子抓住佐山的手，把臉埋在他手中。

手心被雪子溫熱的淚水沾濕後，佐山已不再懷疑民子悲切的愛意傳來。

「睡不著？」

「對。」

「想必一定很難過。」

雪子搖頭說，

「是這被子臭，很噁心……」

「啊？」

佐山伸長身子靠過去一聞，的確有男人嚴重的體臭。

佐山突然意識到雪子是個女人。

「我跟妳換吧。那應該是哪個男人的被子。」

隔天早上，雪子在火葬場，用佐山給她的錢付了帳。

五

雪子果然直到自己的婚禮當天還在準備早餐。

「小雪，別忙了。」

時枝說，斥責孩子們的聲音，把佐山吵醒，過去一看，雪子在為兩個孩子準備要帶去學校的便當。

時枝對女傭也有怨言。

「沒關係，阿姨。這是最後一次了，請讓我做完。」

然後，她把便當交給孩子們，

「好了。」

雪子兩手牽著孩子出去了。時枝目送他們，
「老公，這是最後的服務喔，你還記得嗎？」
說著，時枝對佐山莞爾一笑。
「是啊。——把她嫁出門，這才是最後的服務。」
「不見得……說不定以後還會有什麼事呢。」
……當初收養雪子，與其說是佐山的主意，毋寧是因為時枝的同情。
民子的喪禮結束一陣子後，佐山寫信給雪子，但那封信附上收件人遷居地址不明的便箋又退回來了。
某天，時枝去百貨公司，遇見在食堂當服務生的雪子。
「她那種懷念的樣子，可不尋常喔。真可憐，她說她從女校輟學，現在住在百貨公司的宿舍……如果是你遇見，一定會叫她來我們家吧。」
因為這樣，雪子才成為佐山家的人。
雖然雪子得以繼續讀女校，但她從帶小孩到煮飯，樣樣都很勤快。時枝也忘了她是丈夫舊情人的女兒，非常喜歡雪子。

關於雪子的婚事，為了她的將來著想，提議讓雪子入籍佐山家當養女的，也是時枝。

跟製片廠合作的服裝師，有個兼差當媒人的男人，他見到雪子後，主動介紹親事給她，時枝一聽就很感興趣。

「小雪雖然個性老實乖巧，但好像常常發呆，所以或許該讓她嫁人了。我還是覺得，不該把別人的女兒留在咱們家太久。」

時枝如是說。

男方姓若杉，三年前大學畢業，目前是銀行行員，家累不多，對雪子而言無疑是一樁好得不能再好的婚事。

雪子說全憑佐山夫妻作主。

婚禮當天早上，準備了聊表慶祝雪子出嫁的餐點，雪子坐在桌前致謝後，

「小雪，萬一，萬一真的遇到過不去的事，妳就回來。」

時枝說完，雪子突然吸著鼻子抽咽，抖著手哭了起來。她起身跑出房間。

「哪有人講這麼不吉利的傻話。」

「對啊，如果是自己的女兒，我當然不會說。」

時枝嗆佐山。

「可是，雪子的情況，如果不那樣說，豈不是太可憐了。」

「就算是這樣……」

「沒關係啦。無論是哪家的新娘子，要出嫁的時候，多半都會哭……。雪子也哭了，我覺得她真的成為咱們的女兒了。」

在飯田橋的大神宮，新郎若杉那邊，親戚多達十四人出席觀禮，新娘雪子這邊，卻只有佐山夫妻二人，寬敞昏暗的典禮會場顯得很冷清。

喜宴席上，除了佐山的兩對友人夫婦，也邀請了雪子的女校同學，約有十個人。這些穿著寬袖和服的年輕小姐，為婚禮增添了熱鬧。

佐山在新娘父母的位子坐下，

「新娘子打扮起來挺漂亮的嘛。落落大方……」

「對呀，穿禮服的時候，還幫我墊高胸部呢。」

「胸部……？墊了什麼東西？」

「你閉嘴啦。」

時枝喝止他。

不過，佐山惆悵地想起民子，還是憋不住話。他忍不住轉頭看向窗戶，猜想民子的幽魂，是否正在偷看女兒當新娘的模樣。

「嚇我一跳。端上來的菜，雪子居然全吃掉了。」

「對呀。是我叫她吃的。現在的新娘子，多半都會吃喔。如果什麼都不吃，反而不太好。」

「是這樣嗎……？看起來，不會有點像自暴自棄嗎？」

佐山嘀咕。

蜜月旅行他沒有去送行。佐山制止說要送新人去車站的時枝，

「這不是女方父母該去的。」

喜宴後回家的車上簡直別提有多寂寞了。

沉默片刻後，佐山低著頭，幽幽說道，

「這場婚禮相當正式。」

「是啊。——這下子我也盡到對民子的道義了吧……？」

「別說傻話了。」

「是啊。——老公，你喜歡小雪吧？」

「喜歡。」

佐山安靜地回答。

「其實你不必因為顧忌我，就把她嫁出去……。早知道應該留她在家裡再待三、四年。我沒想到會這麼寂寞。」

時枝也安靜地說。

「總覺得，把她嫁出去，太殘酷了。」

「是有點可憐。——如果婚前讓他們多交往一陣子，和若杉先生更熟悉的話，或許就不會這樣覺得了……」

「也許吧。」

「我已經不想讓我們家的孩子出嫁了。談戀愛就好。絕對是談戀愛就好。」

佐山家的老大是女兒。

第三天蜜月旅行歸來，按理新人要去媒人家道謝，所以佐山去若杉和雪子的新居看看，沒想到，根岸居然坐在屋裡，正對著雪子大吼大叫。

根岸也對佐山咄咄逼人，說他沒知會一聲就讓雪子出嫁，太不像話了。根岸的確曾經一度是雪子的繼父，但是雪子並未入他的戶籍，況且他也和民子離婚了，所以這種指控根本沒道理。

根岸說自己也要一起去見若杉的父母和媒人，跟著鑽上車。佐山想打發他，在某棟大樓前停車，去地下室談判完畢，才發現本以為只是稍微離座的雪子，等了半天始終沒有回來。

佐山說她一定是回佐山家避難了，讓若杉自己先回去。

可是，當晚，雪子也沒回佐山家。

雪子是害怕新家庭受到根岸威脅，所以失蹤了嗎？她不會自殺吧？

佐山打電話給雪子在女校最要好的同學。

「對，她在結婚前夕，寫了一封長信給我，是有點不對勁……」

「有點不對勁……？妳說那封信是吧。信上寫了什麼？」

「那個……我可以告訴您嗎？」

「請儘管說。」

「呃，我也不是很清楚，但雪子應該有喜歡的對象吧？」

「啥？喜歡的對象？情人嗎？」

「我也不知道……不過，她在信中寫了很多，大意是說她母親曾告訴她，初戀，不管是因為結婚，還是別的什麼緣故，都不可能消滅，所以她會聽從吩咐出嫁。」

「啥？」

佐山拿著話筒，倏然閉上眼。

隔天，因為有要事無法請假，佐山去了製片廠，沒想到雪子一大早就來了，正無精打采地在等他。

佐山立刻叫車，讓雪子上車。

該說是自己的愚蠢？抑或是粗心——然而，事到如今更不可能提及那個，因此他只說，

「根岸那種人，沒什麼好害怕的。」

「是。那種人，根本不算什麼。」

「其他，還有什麼為難的事嗎？——時枝說過的，如果妳實在受不

了，就回來沒關係……」

雪子定定凝視面前的車窗，

「那時，我覺得，你太太很幸福。」

這是雪子唯一一次愛的告白，也是唯一一次對佐山的抗議。

驅車前行，是否就為了把雪子送回若杉身邊，佐山自己也不明白。

唯有從民子貫穿雪子而來的愛的閃電，在佐山的心頭閃爍。

女人的夢

一

久原健一在三十六歲時，意外結婚了。

他本人並未標榜獨身主義，而且是經過媒人介紹的婚事，所以其實不該說是「意外」，但至少對他的朋友來說，這是出乎意料的消息。或許一方面也是因為女方的條件太好。

其中，也有朋友後悔自己太早結婚。大家多多少少都對久原刮目相看，覺得這傢伙果然深謀遠慮。私底下還互相議論，說他很快就會用老婆的嫁妝自行開業。即便同樣是開業，久原也成了大家眼中一開始就能擁有大醫院的人物。不，甚至有人說那傢伙的目標是當上母校的教授。總之，這次結婚，久原突然成了風光人物，說來還真奇怪。

久原從牙科醫校畢業後，進入綜合醫科大學當助手。沒事就貼貼金箔，實地見習，當然也是為了拿學位。但在他的論文算是較早通過之後，他仍一直留在研究室中。看來似乎忘了牙科的臨床醫療和開業的事，打算轉換跑道當病理學者。

再加上他始終未婚，遂成為公認的怪胎。牙科那邊的老朋友也變得疏於來往，大家都說這小子近來以學者自居，多少有點敬而遠之。

結果這次結婚，居然讓久原的人氣直線上升，連他自己都很意外。即使是老友來訪，說話方式好像也和以往截然不同。帶著妻子治子走在路上時，旁人回頭注視的眼神，似乎也把久原當成頗有地位的人物。

結婚的這種效果，從今以後，不知在有形無形之中還有多少，久原想，治子不只貌美如花，想必生來就自帶福氣吧。他覺得自己德行不足，很怕因此影響治子的福德。

不過話說回來，治子這樣的千金小姐，說難聽點竟然滯銷至今，久原的朋友皆為此感到不可思議。雖然看似二十三、四歲，但治子其實已經二十七了。

「即使是這年頭，也有寶藏遭到埋沒啊。尋寶果然值得一試。」

有人在羨慕中略帶諷刺地說酸話，但久原只是輕輕一笑置之，看起來就像是聽天由命之人。而且，治子晚婚的原因，他也沒有告訴任何人。

然而，在這種時候，久原總是不免想起媒人奇特的說詞。

「後來，小姐在不知情的情況下，好像一再被動出席了類似相親的場合，每一次，男方無不熱切表達出好感。」

可是，治子不想結婚的心態很堅定，父母發現這種哄騙式的相親無法打動她後，終於也放棄了。最近這三、四年，甚至開始迴避在女兒面前提起婚事。

但媒人說，久原的情況不一樣。

假裝在戲院偶然相遇，不動聲色地把久原介紹給治子，說他是母親在大學醫院受過他照顧的醫生——到這個階段為止，都是和治子前幾次上當同樣的相親方式，但治子這次並未像四、五年前那樣堅決不肯接受。

父母彷彿終於迎來黎明般十分開心。

但治子說，想把那件事告訴久原。

換言之，是某個青年因為追求治子不成而死的事。

媒人極力想把那件事淡化成輕鬆的鬧劇，說那是小孩子不懂事假自殺，而且只不過是對方的單相思。

不管怎樣，為了那種事，像治子這樣完美的千金小姐，青春年華竟然幾乎完全虛度，這讓久原很驚訝。

既然是那麼純情的人，那更好。久原當然做出這種標準答覆。——之前也有幾個相親對象同樣是這麼答覆的。

「就是啊，只要您能這樣理解就好……」

媒人說著，低頭行禮，

「這種事如果發生在古時候，小姐雖然沒有錯，恐怕也會被送進尼姑庵。」

總之，久原很想聽治子親口說說那個青年的事。知道真相之後，當然也不是要做什麼，因為他心中已有決定，況且到了他這個年紀，雖然覺得對那件事絕口不提就此結婚才像個男人，但是讓那麼完美的千金小姐告白往事，好像也挺令人期待的。

二

在治子家，父母同意她婚前自由交往。都已經二十七歲的女兒，如果肯主動去見相親對象，父母反而求之不得。

況且，如果錯過久原這樁婚事，父母深怕治子真的會一輩子當老小姐，所以對待此事格外小心翼翼。

不過，身材高挑健美的治子與生俱來的高雅氣質，打從一開始就震懾了久原，因此他也不敢貿然提及那個青年，

「治子小姐遲遲未婚的原因，我大致已聽媒人說過……」

他這麼切入正題後，治子對他點點頭。

彷彿早就在等待機會說這件事，她的神情變得嚴肅。眼皮倏然發紅。那也讓她的表情突然看似稚嫩，久原有點卡住，一時心急說錯話，

「可是，妳似乎改變心意，覺得和我的婚事可以繼續談下去……？」

「我自己也不知道。或許因為你是醫生吧。」

「因為我是醫生……？」

久原對治子孩子氣的回答有點啼笑皆非。他懷疑治子在瞧不起人。

「原來如此，醫生或許的確不錯。站在醫生的角度來說，治子小姐至今害怕結婚，也不過是一種病態的精神狀態。而且，是非常輕微的症狀，很容易治癒……」

他不得不這麼說。

但是，治子似乎沒把久原這番話當成諷刺，沉浸在自己的思緒中。

久原甚至有點毛骨悚然，他懷疑治子該不會有偏執狂或白痴的一面。不過，若她真是為了那個原因放棄這些年來的無數姻緣，那麼治子的心裡，無庸置疑，留有很深的傷痕。

他必須更坦誠地安慰治子，找出一個契機，讓她自然打開心結，說出那個青年的事。

久原再三強調，他對治子的過去毫不介意，但他希望徹底抹去那個陰影之後再結婚。若是沉重的包袱，那就兩人一起分擔。他說卡在胸口的病原，最好是一吐為快，或是將之洗滌乾淨。

「是。」

治子說著點點頭，

「我也打算把事情交代清楚。一切的一切，我希望都等說清楚之後再決定。」

「雖然不代表之後就要重新考慮，但是，我希望能夠讓治子小姐放下心結……」

「是。不過……」

治子說著又露出嚴肅的眼神，銳利地凝視久原，隨即臉紅地低下頭，

「請原諒我的任性，還是久原先生先說吧……」

「我先說……？我嗎……？」

治子點頭。肩膀微微顫動。

久原彷彿被對方出其不意的反攻慌了手腳，

「我要說什麼？」

「啊？」

治子似乎反倒嚇了一跳，

「當然，必須請求原諒的，想必純粹是我這一方，但你如果不說點什麼，我會很不安。」

「我真的沒什麼可說的。」

儘管他這麼說，治子當然不肯相信。

不僅如此，那句話，連久原自己聽來都覺得蒼白無力，還真奇怪。

「是真的沒有。」

但他越是這麼說，反而聽來越奇怪。

「久原先生如果這樣逃避，該怎麼說呢，我也變得難以啟齒了。真是傷腦筋。」

治子似乎突然關上了心門。

「感覺好像只有我的遭遇特別悲慘。」

結果那天，兩人沒有告白往事就各自回家了。

仔細想想，治子的抗議的確有道理。

沒有太大缺點的男人，到三十六歲還單身，這些年不可能沒有一兩樁男女情事。治子只不過是根據常識判斷。此外，或許也發揮了一點常識以上的想像力。明知有個青年為治子自殺，還願意和治子結婚，可見久原這廂，應該也有過深刻的創傷，才會一直逃避結婚到三十六歲，治子大概覺得，說穿了彼此是同病相憐吧。

治子或許認為彼此的遭遇相似，抱著互相慰藉、互相包容的心態才動了結婚的念頭？

總之不管怎樣，久原一心只想著要聽治子的告白，顯然是自以為是的偏見。

所以，治子要求男方先坦白時，久原才會感到意外遭到突襲。

久原當然也不是清純少年，可一旦要結婚，過往並沒有哪個女人讓他覺得心裡留下遺憾或是感到心虛。

他並非天生討厭女人，這些年也沒有恐女症，但或許可以說自己就是奇妙地沒有桃花運。

不過，到了理當該有的年紀如果沒有發生女人的問題，或許自然而然就會被視為是個性使然，導致女人對他避之唯恐不及。不知不覺中，久原變成研究室書呆子那樣的人，或許也是這個原因。

正因他是這樣的人，和治子結婚這件事，才會讓朋友們如此意外吧。

久原自己從不覺得寂寞，況且如今看來，他不僅不缺桃花運，最後還遇上治子這個天大的福運，但治子意外的突襲，不免也令久原重新回顧過去。

沒有任何值得向治子告白的往事，如今成了驕傲，也是喜悅，但如此幸福的想法，卻無法坦誠傳達給治子，想必還是因為自己德行不足吧。換言之，久原認為，可能是自己不夠誠實。

換句話說，那或許也是因為自己平時的生活方式，帶有不真實的部分。

這麼反省之下，治子不肯相信，毋寧也是理所當然，他不禁在內心輕輕嘲笑自己。

如果在他沒有告白之前，治子也不肯告白的話，不如就活靈活現地編造一個愛情故事說給她聽？

三

拜治子所賜，久原把他認識的所有女人，從兒時玩伴到醫院的女病人和護士小姐，絞盡腦汁地一一搜尋，試著沉溺在戀愛的幻想中。

這是個荒唐的遊戲，同時，如果把相親對象治子放在另一方，就更顯得毫無生動色彩，也欠缺真實感。

他終究無法用無聊的虛構故事當誘餌，釣出治子的告白。

不過，關於那個為治子自殺的青年，仔細一聽之下，故事倒是簡單得令人錯愕。

那個青年和治子，是相差兩歲的表兄妹，小時候住得也近。當表哥的父親成為地方長官、調離東京後，彼此也繼續通信。碰上寒暑假，在海水浴場及滑雪場一起度假，更是兩人最大的期待。可是，到了中學高年級，表哥的來信逐漸帶有感傷的情書色彩。而且，進入東京的高中後，他住在治子的家裡通學，終於向治子求愛。治子斷然拒絕，理由是表兄妹不能通婚。表哥就在那年冬天獨自去滑雪，在暴風雪中硬要上山，結果不幸摔落山谷。雖然立刻獲救，但由於當時撞擊到胸部，肋膜受傷，住進了療養院。後來就在那裡自殺了。他留給治子一封冗長的遺書，其中部分內容甚至還被報紙刊登。如果是死在醫院還好，但他是從海岸跳海自殺的，因此醫院多少為了轉移責任，連遺書都拿給報社記者看，揭發這是一起失戀自殺事件。

「那時治子小姐幾歲？」

久原不知如何安慰，過了一會才說。

故事情節太平凡，久原反而懷疑是捏造的。類似的新聞報導，他覺得好像經常看到。

然而，無論什麼樣的戀愛，如果光聽情節，想必多少都有點平凡吧。能夠讓治子這樣的千金小姐到這個年紀都沒結婚，久原本來還期待那一定是驚天動地的悲劇，但顯然久原這廂才是病態的妄想。要讓一個女孩的心靈遭受打擊，平凡的情節足矣。和短時間熱烈燃燒的愛情不同，這對表兄妹之間，有著累積多年的美好回憶。

「治子小姐愛過那個人吧？」

久原說，治子坦誠地點頭，

「對，事後仔細想想……。不過，那時我還是孩子呢。」

「表哥發生不幸，親戚之間想必也很難再來往吧。」

久原說的話聽來客套敷衍，治子卻認真回答，

「舅舅和舅媽，都不是會責怪我的那種人。」

「所以，妳更覺得妳有道義責任？」

「道義責任……？是啊，也許是道義責任吧？」

然而，治子真正的告白，並未到此結束。

表哥過世，是在治子十九歲那年。過了兩年，有人介紹親事，治子也不排斥。大致談妥後，男方得知治子表哥自殺的事，婚事就突然吹了。

比起表哥的死，這樁親事告吹，帶給治子的打擊更強烈。

這時治子深深認定自己今後再也不可能結婚，想必也是因為愛上了相親對象片桐。

治子第一個愛上的人，或許不是表哥，而是片桐。或許正因為愛上片桐，才會讓她回想起，以前似乎也愛過表哥。

治子無疑害怕下次親事也會因為表哥的死而告吹，但另一方面也是有心等待片桐。

片桐家正式回絕婚事後不久，治子曾偷偷見過片桐一面。因為片桐保證他會說服父母和治子結婚。

片桐的事，治子並不打算隱瞞久原。只要久原開口誘導，她八成就會和盤托出。

然而，久原只聽了表哥的事，便露出以為治子已經告白完畢的表情，所以她也就略過不提了。

而且站在治子的立場，也對片桐的事難以啟齒。因為和久原談婚事時，治子得知，片桐早已和別的女人結婚，所以多少也感到有些屈辱。

四

和久原結婚的第二晚，在蜜月旅行的旅館，治子夢見死去的表哥。

雖然不清楚那是表哥鄉下的家，還是治子的娘家，但夢中的治子一走進房間，坐在桌前的表哥就倏然回頭。治子因此駐足。然後才發現，她幾近全裸。自己的叫聲，令治子驚醒。

難以形容的羞恥，讓她臉都發燙。

治子毛骨悚然。抓著久原的袖子。一想到表哥已死，就很害怕，忍不住呢喃，

「原諒我……」

然後渾身哆嗦地靠近丈夫。

那晚她想，結婚，果然是對表哥犯了罪，但事後想想，那個夢好像非常不貞潔。

不過，表哥和片桐說來都已經比夢更淡，如遙遠的影子消失，正因為晚婚，綻放的花朵也格外燦爛，治子把青春的積蓄毫不保留地盡數給了久原。

「像我們這樣，在找到真正的對象之前耐心等待的人，自然有上蒼的恩賜呢。」

久原如是說，治子也忘了再去回想過去。

同時，治子似乎也豐沛展現了高尚品德，給這個新家庭帶來龐大的福運。

某日，久原若無其事地提及，

「說到那位表哥的遺書，文章中沒有奇怪之處嗎？」

「是啊，被你這麼一說，或許真有奇怪的地方吧。」

治子如今也毫無負擔地輕鬆回答。

「那當然奇怪了。事實上，妳表哥住的那家療養院，有我朋友的朋友在，我請他調查了一下，據說妳表哥當時有嚴重的神經衰弱。說來，等於一隻腳已經踏入精神病的領域吧。病名也查清楚了。好像根本不是因為向妳求愛遭拒才自殺。八成也是對肺病悲觀，但精神狀態變得不正常，主要是他本就有那種傾向，不是妳的錯。」

「啊？那種事，你什麼時候調查的？」

「很早之前。」

「既然如此，你應該早點告訴我才對，壞心眼。」

治子說著，開朗地仰望丈夫，這時，倏然閃過腦海的念頭是，如果早點知道，或許當初就可以和片桐結婚了。

治子自己意識到這點之後也嚇了一跳，連忙用悲傷的微笑掩飾。久原得意地說，

「不過，我們能結婚，也是拜他精神失常所賜。」

「是啊。」

「妳是認真為此苦惱，也因此吃苦受罪，所以我也想尊重這點……」

從這時起，治子又重新努力回想表哥生前的美好回憶。夏天的海和冬天的雪山重現心頭。

然而，治子內在堪稱上蒼恩賜的福氣，好像逐漸消失了。

黑痣的信

昨晚，我做了一個有趣的夢，是關於那顆黑痣的。

光寫黑痣，你想必就已明白了吧。為了這顆痣，我不知被你罵過多少次，就是那顆黑痣。

這顆痣與其說在右肩，應該說位於頸根，正如你調侃的，「比黑豆還大。太頻繁去摸它，小心馬上要發芽了……」，不僅個頭大，還是黑痣中罕見的圓滾滾地隆起。

從小，我只要鑽進被窩，就習慣去摸那顆痣。這個毛病第一次被你發現時，不知有多羞恥。我甚至掉眼淚，哭了出來，把你嚇了一跳。

「看吧看吧，小夜子，妳又來了……越摸它，就會變得越大喔。」

母親也曾這樣喝止過，但那也是在我十四、五歲之前，之後我就只在私下獨處時才習慣這樣摸，所以好像成了連自己都忘記有此習慣卻養成習慣的毛病。

結果竟被你撞見，對於當時與其說是妻子毋寧還是女孩的我而言，那有多麼羞恥，你們男人想必不會懂，但我認為，這不僅羞恥，後果也很嚴重。因為那讓我發現，結婚這件事，似乎很可怕。

感覺像是失去了一個自己的祕密——其實我還有很多很多不自知的祕密，我害怕那些全部被你識破——就好像失去了自己的安身之處。

你一躺下就呼呼大睡後，我有點寂寞，又有點釋然，有時因此忍不住習慣性地朝黑痣伸出手，隨即霍然回神。

「也無法安心地摸痣……」

光是想到給母親的信上打算這樣寫，就已臉紅如火燒。

「真是的，區區黑痣有什麼好在意的。」

你強勢地對我這麼說，雖然我開心地點頭同意，但如今想想，你如果能更寵愛我這小家子氣的習慣該有多好。

應該不可能有人伸長脖子窺視女人的領口，所以我對這顆痣其實沒那麼在意。有句話說殘疾女孩就像關上門的房間很是新鮮，不過區區黑痣就算長得再怎麼大，也算不上殘疾。

不過，我為什麼會養成摸那顆痣的習慣呢？

那個習慣，又為什麼會如此令你不高興呢？

「喂，喂……」

你不知喝斥過幾百次，

「犯不著特地伸出左手吧。」

你厭煩地說。

「左手……？」

我驚訝地反問。

的確如此。直到那一刻我才察覺，原來我每次都是用左手摸痣。

「咦？」

「如果是右肩的痣，應該會用右手摸才對。」

「是這樣嗎？」

我老實地用右手試著去摸痣，

「好奇怪。」

「一點也不奇怪。」

「可是，還是用左手摸比較自然。」

「右手不是更近嗎？」

「雖然近，可是是反手。」

「反手……？」

「對。換言之，是要把手繞到脖子前面，還是伸向後方的問題吧。」

那時候，我也已經不肯老實認輸了。不過，雖然嘴上這麼回答，但我驀然察覺，如果把左手繞到右肩後方，就會自然形成抗拒你的架勢。也等於是做出擁抱自己的姿態。

原來如此，這真是抱歉啊，我暗自震驚，

「可是，用左手為什麼不行？」

我溫柔地試探。

「不管是左手還是右手，都是壞習慣。」

「是。」

「痣這種東西，我不是說過好幾次，叫妳去找醫生燒掉。」

「我不要，那多難為情。」

「聽說輕易就能去除。」

「有人專程去找醫生除痣？」

「好像多得很喔。」

「真的？可是，那是長在臉孔中央的痣吧。像我長在這種地方的，應該沒有人特地去弄掉。會被醫生笑話的。人家一定會猜到，這八成是因為丈夫說了什麼。」

「那妳可以告訴醫生，是因為妳有摸這顆痣的壞習慣。」

「哎喲……」

我很傻眼，

「那裡又看不見，就算長了一顆痣，也請你忍耐一下。」

「有痣沒關係，但我希望妳不要摸。」

「我又不是故意要摸。」

「妳真的很倔。不管怎麼跟妳說，就是不肯改掉那個習慣。」

「我其實也想改啊。我甚至還特意穿上緊包著脖子的襯衫睡覺，讓自己已無法摸到痣。」

「結果也沒有持續多久吧？」

「可是，摸痣真的是那麼不可原諒的壞事嗎……」

說著，我已經變得有點想抬槓。

「想必不是什麼壞事吧。只不過，我不喜歡妳那樣做才叫妳改掉。」

「為什麼那麼不喜歡？」

「這種事談不上什麼理由。總之沒必要摸，那是壞習慣，所以改掉不就好了。」

「我沒說不改。」

「摸痣的時候，妳總是有點恍惚，表情很奇怪。看起來很沒出息。」

「沒出息……？」

或許真是如此吧，我深有感觸，內心某一部分的確同意這個評語。

「下次我如果再摸，你就狠狠打我，隨你要打手或打臉都行。」

「嗯。不過，只是這樣小小的習慣，妳自己花了兩三年都還改不掉，不覺得丟人嗎？」

我沉默，細細咀嚼你說的那句「沒出息」。

手臂橫過胸膛，把玩脖子後面那顆痣的模樣，想必可憐又寂寞吧。那不配使用孤獨這種有意境的字眼，想必是更寒酸、更小家子氣的姿勢。看起來一定是個頑固保護渺小自我、很惹人厭的女子吧。你說的沒錯，那種時候我肯定恍惚流露出怪異的神情。

彷彿開了一個大洞，那是否也象徵我並未打從心底對你坦白呢？從少女時代養成的習慣，讓我不自覺摸著痣渾然忘我時，是否將我真正的心情形諸於色了？

而你也是因為對我有所不滿，才會對女人的這種小毛病橫眉豎眼地發作吧。如果你內心滿足，應該只會微微一笑，假裝沒看見。

想想真可怕，難道就沒有哪個男人覺得我這個習慣很可愛嗎？當我驀然這麼思忖時，不由悚然。

起初剛發現我這個習慣時，你一定是出於愛情，這點我到現在都信之不疑。可是漸漸產生齟齬後，這種小事，就會在夫妻之間種下惡意的根源。其實彼此都對小毛病不再在意才是所謂的夫妻，可是弄得不好，想必也有夫妻落入正好相反的那一邊。我絕不是說一切都能互相習慣的夫妻才算相愛，事事都要爭論到底的夫妻就是相看兩厭，但我還是覺得，如果能夠容忍我摸痣，到頭來或許會比較好。

你逐漸變得真的會對我拳打腳踢。我哭著說，犯不著這樣對待我，只不過是不小心摸一下痣，為什麼就得遭受這種非人的對待？但那只是表面上，其實我非常理解你語帶顫抖說出「到底要怎樣妳才會戒掉！」的心情，所以並沒有恨你。就算告訴別人，人家一定也只會說這個丈夫太粗暴。可是，不管導火線是多麼微不足道的無聊小事，在夫妻之間日漸緊張、無處宣洩的關係下，不如直接打我一頓更痛快，因此我說，

「我反正是改不了了。請把我的手綁起來。」

我將雙手合掌，伸向你的胸前。就像是要把我這個人的一切都獻給你。

你露出茫然又有點不好意思的神情，解開我的帶子，纏在手上。

你看著我用被綑綁的雙手整理亂髮的眼神，讓我很高興。我以為這下子，真的可以戒掉長年來的習慣了。

然而那時，如果有人肯稍微摸一下我的痣，恐怕就危險了。

即使被那樣對待還是沒改掉，所以最後你想必也對我失望了。或許已無力再與我糾纏，打算就此放我自生自滅吧。即使再看到我摸痣，你也視而不見，什麼都不說了。

結果說來奇妙。以前被你又罵又打都改不掉的習慣，竟然不知不覺消失。不是勉強讓自己改掉，是自然而然就不再那樣做了。

「最近，我已經沒有摸那顆痣了吧？」

我忽然想起來說。

「嗯。」

你只是一臉不以為意。

既然是那麼無關緊要的事，當初為何要那樣責罵我？我很想對你抱怨，但你或許也想反過來抱怨，既然是那麼容易改正的毛病，為何不早點改掉。然而，你並未理會我。

你的表情彷彿在說可有可無的毛病無關緊要，隨妳高興整天去摸那顆痣好了。於是我失去努力的目標，也有點賭氣，偏要在你眼前摸痣給你看。但不可思議的是，我的手就是無法去摸痣。

我感到很失落。很不甘心。

既然如此，我想背著你偷偷摸痣，可是只覺意興闌珊，有點窩囊，手還是伸不出去。

我定定低頭咬唇。

「痣怎樣了？」

我彷彿一直在等你問出這句話，但此後「痣」這個字眼，已從我倆之間消失。

想必伴隨那個，還有很多東西也一起消失了。

為什麼我在被你責罵的時候，沒有改掉這個毛病呢？我真是個不中用的女人。

這次回娘家，我若無其事地和母親一起泡湯，

「小夜子的身子也變醜了呢。誰也敵不過歲月。」

母親如是說，我吃驚地看著母親，她和從前一樣，身子依然光滑潔白又豐腴。

「痣也變得不可愛了。」

這顆痣，讓我吃了不少苦呢，我雖然沒有對母親這麼說，

「聽說只要找醫生就可以輕易燒掉痣。」

「是噢？醫生啊……？還是會留下一點痕跡吧。」

母親說得很悠哉。

「我們還在家裡大笑著說，小夜子就算嫁了人，八成還在摸那顆痣呢。」

「我的確摸了。」

「我就知道會這樣。」

「這是壞毛病對吧。也不知從幾時開始的……？」

「誰知道呢。基本上連那顆痣都不知是幾時冒出來的。在妳嬰兒時期，好像沒怎麼看到。」

「我的孩子還沒有呢。」

「是嗎？總之年紀大了只會增加，不會減少。不過，這麼大顆的痣應該很特別吧。說不定很小的時候就有了。」

母親說畢，看著我的肩膀笑了。

當時我想到的，是我還很幼小，肌膚嬌嫩的時候，這顆痣或許也是一個可愛的小黑點，被母親和姊姊們用指尖輕戳過吧。說不定就是因為被他們這樣戳呀戳的，我才會養成自己也摸摸看的習慣。

我鑽進被窩，一邊摸痣，試圖回想兒時和少女時代的情景。

這顆痣，我其實真的很久沒摸它了。不知睽違了幾年。

在我出生的老家，沒有你在身旁，我應該可以不用顧忌任何人，盡情摸它吧。

可惜還是不行。

我的手指剛碰到痣，冰涼的淚水就奪眶而出。

我明明打算回想單身的往昔，可一旦為此摸那顆痣時，想起的，全是你的事。

雖然我是個被你破口大罵的惡妻，說不定還是個會被休掉的女人，但連我自己都沒想到，我竟會在娘家的被窩，摸著痣，惆悵地想起你。

我把淚濕的枕頭翻面——結果，我竟然連在夢中，都看到了那顆痣。

不知是在哪裡的房間，夢醒後，已經不大清楚，但是除了你我，夢中好像還有某個女人。我喝了酒，似乎醉得很厲害。頻頻對你訴說著什麼。

後來，我那個沒出息的毛病又犯了，一如往常將左手從胸前繞到右邊領口——沒想到，居然用手指一捏就摘掉了那顆痣！而且摘得理所當然，輕易就除掉了那顆痣。捏在指尖的黑痣，很像煮熟的黑豆皮。

我大吵大鬧，非要叫你把我那顆痣，放進你鼻子旁邊的黑痣袋中。

我把捏在指尖的痣，摁在你的痣上，一邊拉扯你的袖子，揪著你的胸口，哭鬧不休。

醒來一看，枕頭又是濕答答的。眼淚流個不停。

我已疲憊至骨子裡。不過，心情好像卸下重擔很輕鬆。

那顆痣真的消失了嗎？好一陣子我獨自微笑。然而，我還是沒有試著去摸那顆痣。

關於我的痣，故事到此結束。

捏著黑豆皮似的黑痣那種感覺，迄今殘留在我的指間。

你鼻子旁邊的小痣，我其實不太在意，也從來沒提過，可心裡大概還是耿耿於懷吧。

因為收容了我的大黑痣，你的小黑痣突然鼓起來，這是多麼有意思的童話故事啊。

而你，若也能夢見我的痣，我不知會有多開心。

○

關於夢見那顆痣的故事——我漏寫了一件事。

在被窩裡摸痣的習慣，被你批評「看起來很沒出息」，我也當真這麼以為，甚至心懷感激地把那句話視為愛情的象徵。我內心的貧瘠，想必在摸痣的姿勢上表露無遺，這麼一想就覺得很丟臉。

然而，正如之前也稍微提過的，或許是因為母親和姊姊們疼愛我才養成這個習慣，這個想法似乎成了我唯一的救贖。

「以前，我摸那顆痣時，經常挨罵吧？」

我試探著對母親說。

「對……也不是很久以前喔。」

「媽，妳為什麼要罵我？」

「這還用問，那不是壞習慣嗎？」

「媽媽是抱著什麼心態……？看到我摸那顆痣……？」

「不知道欸。」

母親說著也歪頭思忖，

「可能是覺得難看吧。」

「或許是吧，但究竟哪裡難看呢？因為我看起來像可憐的小孩？很討人厭、很孤僻偏執……？」

「不知道，我根本沒想那麼多，只是覺得妳犯不著睡意惺忪地一直玩那顆痣。」

「有點不討喜……？」

「對，感覺是有點鑽牛角尖。」

「媽媽和姊姊，在我小的時候，是不是很愛逗我，經常戳我的痣？」

「或許有吧。」

如此一來，我心醉神迷地摸痣，不就等於是回憶兒時母親和姊姊對我的關愛？

或許我是為了思念所愛之人，才會摸那顆痣吧？

我就是想告訴你這點。

對於我的這個習慣，或許你打從根本就搞錯了？

在你旁邊摸著痣，我何曾想過其他任何人。

如今我不由深深感到，或許我藉由這個被你如此嫌棄的奇怪姿勢，表露了對你無法訴諸言詞的愛。

摸痣的習慣是小事，事到如今毋須辯解，但我的種種惡妻行徑，就像這顆痣，起初明明是出於對你的愛情，卻因你誤解之下出口責罵，最後反倒成了真正的惡妻所為吧。

我雖覺得，惡妻或許總是任性地曲解對方好意，還是想請你聽聽我的心聲。

夜間的骰子

一

旅行各地表演，停留在某貿易港時，水田的房間，和舞孃們睡的房間，只隔著一扇紙拉門。

似乎正逢漲潮，可以聽見拍擊防波堤的浪濤聲，此外，也有緩緩踩著石板路走過的腳步聲，大概是船員要回船上。

那些聲音，頗有春夜之感，很是祥和，但是打從剛才就干擾水田睡覺的，是隔壁房間的聲音。

好像是把什麼小東西扔到榻榻米上的聲音——保持同樣的間隔，已經單調地持續一小時之久。

扔出的東西，有時在落下之處停止，也有時在榻榻米上略微滾動。

水田心想那是什麼，但他當然立刻就知道，是骰子。

不知是舞孃們在玩遊戲，還是在小賭一把。

不過，打從剛才就沒有說話聲，也隱約傳來鼾聲。似乎只有扔骰子的舞孃一個人還沒睡。燈也亮著。

水田房間的四、五個男人，也都睡著了。

骰子的聲音，漸漸刺激水田的神經。他強自忍耐，心想應該馬上就會停止，但始終沒完沒了。

骰子本身沒有聲音，或許該說是榻榻米的聲音吧，聽來陰森又討厭。最後，他甚至覺得好像是把骰子扔進自己乾燥荒蕪的腦中。

一旦聲音超越擾人清夢的程度後，他漸漸惱火，很想破口大罵。

扔骰子的方式，不快，也不慢，自始至終，保持同樣的間隔一再重複。

水田爬起來，拉開紙門。

「搞什麼，原來是美智子啊。」

美智子保持趴臥的姿勢，只把頭扭過來。咧嘴要笑，但是太睏了，臉孔不聽使喚。

她在右手掌心上，不停滾動骰子。即使她有點忘了骰子的存在，似乎還是無意識地那樣做。

水田有點錯愕。

「妳在算命嗎？」

「算命……？我什麼都沒算。」

「那，妳在幹嘛？」

「什麼也沒幹……」

水田走到美智子的枕頭那邊。

美智子用雙手壓著臉，稍微縮起肩膀。

不過，隨即用指尖搓揉眼皮，把左臉頰的髮絲撩到耳後。

她是個耳朵單薄的女孩。

水田平靜地說，

「大家不是都熟睡了嗎？」
「是啊。」
「那妳為什麼還一直扔什麼骰子？」
「也沒有為什麼啊。」
「可是……這樣很怪吧。」
美智子抓起枕畔的東西，不發一語，把那隻手掌張開給他看。掌上放著五顆骰子。
「哇。」
水田很驚訝，就此屈膝坐下。
五顆同樣是動物骨頭做的骰子。都已染上手垢的顏色，顯得很舊。
水田從美智子的掌心，撿起其中一顆。
美智子的手上放著剩下的四顆骰子，手指修長，看起來異樣美麗。
在舞臺跳舞時，這手指會優美地翹起。那種情景也浮現在水田的腦海。

「妳一次拿五顆骰子要做什麼？」

水田把骰子還給美智子。

美智子扔出一顆，是三點。

「別扔了，已經半夜兩點了。」

「好。」

她說著，一邊點頭，又繼續扔骰子。這次是一點。

「打從剛才，那個聲音就吵得我睡不著。」

「哎呀，對不起。我想湊到一萬……」

「一萬？」

「對。偏偏就是湊不到一萬。」

意思是說不停扔骰子，直到每次扔出的骰子點數相加，到達一萬點為止嗎？就算每次都扔出最大的點數六，扔一千次，也才六千點吧？

水田哭笑不得。

「扔到一萬，就會有好事？」

「倒也沒有。」

「那妳毫無理由，不是很荒唐嗎？」

「對。」

可是，美智子還是再次扔骰子。

「都叫妳別扔了……」

美智子仰望水田一眼，額頭抵著枕頭，動也不動。

「傻瓜。」

水田憤然撂話，回到隔壁房間的被窩。

然而，美智子沒有關燈。不僅如此，當水田豎起耳朵窺探動靜，他發現美智子似乎還在墊被上繼續扔骰子。雖然沒聲音，但似乎是那樣。

二

隔天早上，水田對劇團中最年長的女演員仙子提起美智子的骰子。

「……她的確有點怪。害我都睡不著。」

仙子若無其事的說，

「哎喲。你以前都不知道？美智子的骰子，是母親留給她的。在後臺時，她不也常扔嗎？」

「是這樣嗎？」

「大家早就習慣了，已經無人在意。」

「嗯──多達五顆的骰子，居然連旅行都帶著。這很不正常。妳說是她母親給的，那是怎麼回事？」

仙子的說法是這樣的。

──美智子的母親是藝妓，這個水田之前就知道。如今雖已自立門戶，門下好像也收了一兩個藝妓，但只是活躍於三流地區，並不是什麼出色的藝妓。

據說，那個藝妓出場陪客時，腰帶裡總是塞著兩三顆骰子。在陪酒時也會扔骰子。

而且，解開腰帶時，據說骰子就會一一掉下來。大概是故意弄掉的吧。先稍微勾起客人的好奇心，自己也假裝驚訝地撿起來，扔給客人看。多少可以聊以取樂。雖只是微不足道的程度，但日積月累還是很可觀。

那個藝妓，據說是擲骰子高手。好像想扔出幾點就能扔幾點。要做到這種地步，想必累積了多年功力，只要一有閒暇就在擲骰子吧。

水田聽了，覺得那是抓住人性弱點、算準人們心理的狡猾手法。就像是找別人鞋底的毛病，是卑鄙貪欲的表現方式，只有主動淪為三流藝妓才做得出來。

不過，真的只有慾望嗎？

儘管只是擲骰子這樣的小事，但既然號稱高手，或許在慾望之上，更有某種歡愉、某種傷懷吧？水田換個角度試著這麼想。

否則，不可能連她的孩子美智子都被骰子迷住。

「那麼美智子，又是抱著什麼心情，在擲骰子呢……？」

水田試著問仙子。

「那種事，我哪會知道。應該是有樣學樣吧。」

「美智子也很厲害？」

「很厲害喔。」

「靠那個賭博嗎？」

「沒有。美智子的骰子，旁人都已經看膩了，誰也不會理她。美智子只是那樣一個人扔著玩。」

「一個人啊……？」

水田喃喃自語。

想必美智子應該不大想讓人知道自己有那樣的母親，但她卻毫不忌諱旁人的眼光，抛擲會聯想起母親的骰子，這又是抱著什麼打算呢？

不過，仙子對美智子的骰子，似乎沒什麼興趣。

水田起身去廁所。

有個女孩先出來，她換拖鞋時，倏然蹲下，把水田隨便扔在走廊的拖鞋轉換方向、整齊併攏之後才離開。看那背影，是美智子。

水田想，這姑娘在意的還真是奇怪的細節。

像水渠那樣內凹的海邊石崖上，坐著四、五個舞孃。

「啊，好溫暖。好想吃冰淇淋。」

在二樓的水田，聽到女孩這麼說。

離櫻花季還早，但是春天特有的陰霾天空和海面一片朦朧，白色海鳥看似漂浮在輕煙中。

水田也下樓去舞孃們那裡。

他沒說話，朝美智子面前伸出一隻手。

也許是看懂了，美智子從口袋取出骰子交給他。

水田把五顆骰子，一起扔向石崖的石頭上。

其中兩顆，滾落海中。

他抓起剩下三顆，同樣隨手扔進海中。

「哎呀！」

美智子跑到石崖邊緣，探頭看海水，就此，什麼也沒說。

本以為她會更惋惜，或是發脾氣，沒想到是這種反應。

舞孃們去劇場後，水田留在旅館的二樓，望著那些骰子沉落之處猶如水渠的海水，忽感旅愁，他思忖回到東京後，是否該去見見身為美智子母親的骰子藝妓。

停靠港口的汽船，也亮起燈火。

三

這趟旅行加起來已有一個月了。

水田帶舞孃們去過某鎮的城山，她們貪心地吃著賞花糯米丸子和山椒味噌烤豆腐。

她們一旦成群結隊，更加無法無天，令水田有點無言。賞花客之中，說不定也有來看舞孃們表演的客人，所以實在太丟臉了。

櫻花大致已凋謝，還留在枝頭的，也已沒有花瓣，只剩花萼上光禿禿的花蕊，即將枯萎。

不過，人潮相當擁擠，舞孃們被人放肆地盯著打量，卻毫不在意。

吃完山椒味噌烤豆腐後，她們舔舔嘴唇，重新塗上口紅。

美智子也用了口紅棒，但在塗口紅之前，微微嘟著撅起的裸色嘴唇，很可愛。

水田彷彿有意外的發現，起身走到美智子身旁。

小巧不起眼的鼻子也是，一旦近看，其實形狀姣好。就像滿懷愛意仔細做出的精緻工藝品。

美智子早已習慣當著旁人公然化妝，因此並不覺得羞澀。

不過，在樹木茂密的嫩芽之間，用她在劇場後臺同樣的姿勢化妝，對水田來說很稀奇。

這樣的嘴唇，這樣的鼻子，湊近掌中的小鏡子略微垂落眼皮的圓臉，彷彿誘人步入甜美的睡眠。

水田察覺，她在舞臺上雖然不怎麼亮眼，但其實是一個比他以為的更美好的女孩。

唐突地，他說，

「美智子是什麼樣的女孩，我實在不了解。」

「啊？怎麼說……」

美智子抬起臉。

「妳很沉默。對方如果不說話，妳絕對不會主動開口吧。」

「哎喲。會嗎？才沒那種事。」

「像妳對我就是，只有被我問到，妳才會回答。像妳這樣的人很少見。」

美智子似乎稍微思考了一下自己，但她什麼也沒說。

美智子的口紅是舞臺用的，比普通人用的質地更濕潤。

水田因此想起一件事。

舞臺用的化妝品，在淺草也有店家販售，舞孃們啟程旅行前也是去那裡採買。可是，美智子沒準備，才剛踏上旅途不久，似乎就用了別人的。好像有舞孃為此發牢騷。

「有油菜田呢。」

水田看著城山下方的河對岸。

「是啊。我最喜歡油菜花了……」

「是嗎。妳是在東京長大的，應該根本不懂得懷念油菜花田吧。」

「我當然會懷念。不過，那種花插在花器時，不能插太多枝。一點點就好。」

「是嗎……走到那邊看看吧？」

美智子點頭同意。

水田是打算經過街上時，順便給美智子買點化妝品。即使不是舞臺專用品，也總比用別人的好。

「我和美智子去走走。」

水田對那些舞孃說，

「別玩到太晚，早點回來。」

「哎喲喲，要上哪去啊？帶我一起去。」

也有舞孃說著站起來，但隨即又坐下，看著這邊。

比起舞孃們，美智子這個當事人，神情更訝異。
她愣在原地羞紅了臉。
水田毫不理會地走下坡道。
美智子趕緊追上，
「真的可以？」
「嗯。」
美智子似乎有點不自在，一路低著頭走。
「喂，果然，我如果不說什麼，妳就永遠不開口吧。」
「不，不是那樣。」
美智子搖頭，緊接著已笑吟吟，突然加快腳步跟來。
在街上找到日用雜貨行，水田說。
「在這裡買點舞臺化妝品吧。」
美智子很驚訝，看著水田。頓時露出反抗的眼神。

水田直接挑明。

「用別人的，會被討厭喔。」

美智子點頭，但是買東西時還是很不自在，水田想讓她放輕鬆，

「喂，美智子，有骰子喔。」

「哎呀，真的。」

美智子語帶開朗地說。

「我要買骰子。給我和這個一樣的五顆。」

「五顆？店裡只有擺出來的現貨。就這兩顆。」

店員說著，來到放骰子的地方。

「兩顆我都要。」

他們從那裡來到河岸。

河堤路面鋪設水泥如休閒步道，有成排松樹。河岸的嫩草上，點點散布出來郊遊的人們。

「這條河岸道路鋪設水泥後，聽說風景就變醜了。是旅館的女服務生說的。」

水田一邊笑言，也走下河岸。

草地和碎石灘占據遼闊河床的大部分，水很少。

水田試著走到水邊。在大岩石坐下。

美智子立刻在岩石上擲骰子。

春日夕陽照亮淺灘。

水田看了一會美智子的手上動作後，

「幫我算命吧。」

「你要算什麼？」

「什麼都行。」

「哪有這樣的……你還是說個方向，我再幫你算。」

「也好。如果擲出一點，就和妳談戀愛吧。」

「不要不要，我才不要。」

美智子搖頭笑了，

「不行……只要我想，就擲得出一點。」

「沒關係，妳扔吧。」

「不要。」

美智子斷然說，可是轉身蹲下後，幾乎把臉貼著岩石，對著岩石呼呼吹氣。大概是要把沙子和灰塵吹掉吧。

然後，她嚴肅地撫摸岩石表面。

「不是在榻榻米上，肯定不行。手感不一樣……」

手感不一樣這句話，逗笑了水田。

不過，美智子凝視掌心滾動的骰子那種專心的眼神，令水田也心頭一緊。

美智子算準時機，倏然扔出。

「看！」

她說著，閃閃發亮的眼睛仰望水田。

岩石上的骰子，兩顆都成功擲出一點。

「嗯，滿厲害的嘛。」

美智子全身，洋溢某種神聖的喜悅。

「厲害。妳再試一次。」

「再一次……？」

美智子失望地壓低聲調，再次用指尖摩挲岩石表面，

「再扔一次，還會是一點嗎……？不要吧。」

美智子單薄的耳朵，彷彿被夕陽照得透明。

四

在下一個演出地點的旅館，看美智子擲骰子時，骰子又增加到五顆了。

「五顆一起丟，可以全部丟出一點嗎？」

水田問。

「討厭。水田先生都叫我扔多少次了……」

美智子把一枚坐墊墊在肚臍底下趴著。

「五顆也做得到嗎？」

「扔不出來。」

美智子意興闌珊地握住五顆骰子，一起扔出。

沒有蘊含美智子的意志和感情的骰子，各自散落滾出不同的點數。她彷彿連骰子的點數都懶得瞧，環抱雙臂，把臉埋在其中，

「好睏。」

她沒穿襪子。

似已旅途勞頓的裙擺，露出赤裸的小腿，看起來硬邦邦的。因為掂著腳尖跳舞導致腳趾都變形了。

遠方傳來法華寺的鼓聲。

水田撿起被扔出去的骰子，試著拋擲。

美智子抬起頭，茫然觀望，隨即撿起一顆，隨手扔出。是一點。

她又扔一顆，還是一點。

接著，剩下三顆，也一一扔出，都是一點。

全部是一點的骰子，被她用十指攏在一起，排成一列。

就像小孩無所事事地玩積木。

有個舞孃時子，正從走廊看著市區的屋頂，

「啊啊，啊，天氣真好。來洗衣服吧。」

說著，她站了起來，

「水田先生，我幫你洗衣服吧。你拿來。」

「嗯？」

「你或許不情願，但我幫你洗。你就拿來吧。」

「不用了。我沒有髒衣服。」

「沒有？真幸福。我還在擔心，以為你八成很困擾……」

時子打開房間角落的行李箱，

「水田先生，你先去那邊。」

「嗯。」

看著時子，美智子大概也想洗衣服，直起身子，朝水田伸出手。

「真的沒有。」

水田搖頭說著。

單身的水田，內衣之類的髒衣服，都用報紙包著，在旅途經過的各地扔掉了。

舞孃說要幫他洗，他覺得很奇妙。

洗衣服彷彿會傳染，不知從洗手間還是浴場那邊，傳來四、五個舞孃的低聲合唱。

水田躺在陽光照耀的走廊，閉著眼，那歌聲令他忽感身在淺草。同時，也感到出外旅行已經很久了。

當晚，過了開幕的時間，女演員仙子還是沒有進後臺。有個年輕的男演員也不見蹤影。

水田等人面面相覷，趕緊派人去旅館查看。仙子的行李果然不見了。即使問大家，大家也都說仙子和那個年輕男演員看起來並無曖昧。仙子在淺草有丈夫，是一個個性惡劣、人脈很廣的男人。仙子似乎也拿他毫無辦法，卻又難以離婚。想必這次的男演員，只是順道同行。說不定仙子的丈夫把她賣給別家劇院，所以把她叫回去了。抑或是仙子想和丈夫離婚，趁著外出旅行，跑去關西那邊了也不一定。

不過，不管怎樣，對仙子來說，這個劇團，現在想必也到了果斷放棄的時候。讓仙子跑了之後，劇團的核心人物都明白這點。想掩飾的東西，卻被迫面對，導致彼此都不想說任何話。

更重要的是，今晚的表演會開天窗，忙著找人代替仙子上場的混亂，營造出虛有其表的熱鬧氛圍。

團長友松連忙去找當地的主辦人道歉。雖然立刻獲得諒解，但是對方說想為同好辦個歡迎會，叫他帶舞孃過來。意思是叫舞孃在席間陪酒一起玩。

舞孃們跟著友松，從劇場後臺直接去餐館後，晚歸的水田，來到後臺窺探。

管道具的人正在收拾舞孃們隨手脫下的服裝，但動作很粗魯，

「真拿她們沒辦法，越來越邋遢。也難怪機靈的傢伙想遠走高飛。」

他對水田發牢騷。

「鞋子裡面都生蛆了。嘿嘿，還真活潑。」

說著，他撿起舞鞋，一一扔到角落。

美智子似乎是換了衣服才走的，掛在牆上的舞衣中，可以看見她的連身裝。

水田把手伸進她那件衣服的口袋一摸。果然有骰子。

「和她老媽不同，去陪酒，卻忘了帶骰子。」

水田在心裡這樣戲謔地嘀咕，一邊扔著那五顆骰子。

榻榻米很髒。

如今環視後臺更衣室，陋室中，花花綠綠的舞臺裝，就像某種空殼子，顯得異樣。

水田不停擲骰子。

「骰子啊。」

男演員花岡走進來嘀咕。

站著看了一會後，

「別做這種沉悶的舉動了。」

「沉悶嗎？」

「對啊。或者要賭一把？」

「要賭也行啊。賭什麼……？」

「不知道。賭美智子如何？」

水田猛然抬起頭，面露憤怒。

「要賭也可以。不過，讓美智子來擲骰子吧。」

「嘿嘿，我開玩笑的……倒是你，請我喝一杯嘛。瞧我，不幸身為男人，都沒人邀請我。我們自己去享受春夜良宵吧。」

水田把骰子放進自己的口袋起身。

五

在小餐館，花岡頻頻糾纏水田之後，

「喂，水田先生，你覺得美智子怎麼樣……？」

「什麼怎麼樣？」

「這還用說，你不覺得她很怪嗎？」

「是有一點……」

「我是覺得，那個女孩，小的時候，可能被人欺負過。」

「啊？」

水田愣住了。他看著花岡的臉。

花岡吐露真心話，

「我啊，有點喜歡她，所以一直在偷偷觀察。」

「什麼觀察。少胡說八道。」

「我沒胡說。我啊，在今晚之前，從沒跟任何人說過。我是看水田先生不是別人，又離鄉在外，這才第一次說出我的猜測。要不然，水田先生，你怎麼解釋美智子的謎團？」

「哪有什麼謎團。」

「沒有？」

醉眼惺忪的花岡窺探水田的臉色。

水田繼續喝著似乎會醉人的酒。

花岡歪身靠了過來，搖著水田的肩膀說，

「那，就當作沒有吧。不過，我是真心懇求水田先生，我希望，你能讓她大放光彩一次。」

「嗯。」

「要大放光彩喔⋯⋯如果給她一個好角色，讓她大放光彩，我覺得到時候，應該就能解開她的謎團了。」

這句話在水田的心頭迴響，他沉默不語。

「怎麼樣啊？水田先生？」

「或許吧。」

水田點頭。

「若能那樣，我就心滿意足了。」

原來如此，花岡愛著美智子啊，水田想。

而且，他覺得花岡看得相當仔細。

如此看來，花岡那個「觀察」，也不能一概等閒視之。

美智子現在十七歲，她十五歲時加入這個劇團，在那之前，她在母親那裡做了些什麼？發生過什麼？

水田硬是把花岡拽出店。

花岡在路中央癱倒，

「好美的月亮。」

這個城鎮是細長形，兩側有山逼近。

那近在眼前的黑壓壓山脈，看似不祥地迫近眼前，水田的腦中，如走馬燈浮現美智子的耳朵、嘴唇、鼻子、手、小腿。他很想吐，於是就地蹲下。

城鎮的深處，飄來舞孃們的合唱。

「喂！」

花岡放聲大喊。

水田也喊。

「喂！」

山間毫無回音。

歌聲漸近。

舞孃們手挽著手。

發現水田和花岡後，

「喝醉啦。我去扶一把。」

她們嘻嘻哈哈地說，

「水田先生。你沒見到美智子嗎？」

「美智子？」

「對啊。途中，她就不見了。在包廂陪酒時，我以為她只是出去一下，結果一去不回。」

「不見了……？」

花岡舉起手臂，搖搖晃晃地站起來。

雖然應該不可能出差錯，但水田也有點不安。

不過，回到旅館一看，美智子一個人好端端躺在被窩裡。

「搞什麼，妳回來了啊。」

「哎喲，太奸詐了。」

三、四個舞孃這麼說著，把腳伸長到美智子的枕畔。

美智子噗哧一笑，

「你們回來了。」

她夠聰穎，懂得迅速溜出那種宴席，夠強大，能夠獨自走過夜晚的街道回來，然而，那反而讓水田加深了花岡說的那個懷疑。

水田呼出酒氣，就此坐下，抱著腦袋。

「哎喲。」

美智子仰望，皺起眉頭。

「頭痛是吧。你的臉都白了。」

「嗯。」

水田扔出口袋的骰子。

舞孃們還在嬉鬧，

「美智子，妳丟……」

有人說。

美智子保持趴臥的姿勢，把五顆骰子放到右掌，排成一列。然後，檢查骰子的點數。

水田探頭一看，中央是一點，一點的兩側是二點，邊上的兩端是四點，換言之，排成四、二、一、二、四。

彷彿是領取神聖之物，接著，以不破壞骰子排列的程度，水平地晃動手掌。

被美智子專注的樣子影響，舞孃們也不由緊張地吞口水。

美智子手心的動作漸漸加快，轉眼啪地一扔。

「啊啊！扔出來了！扔出來了！」

叫嚷的，是美智子。

美智子在被窩上跳起來。

觀眾全都目瞪口呆。

五顆骰子，全都擲出一點。

而且，彷彿張開傘，五顆骰子整齊地散開。

察覺到這點，舞孃們也為之鼓掌。水田只覺腦子倏然清醒。跳起來後，直接坐在被褥上的美智子，露出膝蓋。旅館提供的浴衣內，短小的內衣雪白。

看著那膝蓋，水田確定，花岡的「觀察」，根本就是騙人的。

「晚安。」

水田輕拍美智子的頭，站了起來。

「好。」

美智子點頭，目送水田的腳離開。

「如果頭痛，可以喊我喔。我不睡。」

水田回到男人們的房間。

那邊的房間，還能聽見美智子擲骰子的聲音。

這和之前在那個貿易港的旅館覺得刺耳的情況，截然不同。

仔細想想，那五顆骰子，若要全部擲出一點，中央原本一點的那顆，要滾動八次，兩側二點的那兩顆要滾動七次，兩端四點的那兩顆，要滾動五次吧？美智子記住水田在那岩石上說過的話，後來不知下過多少功夫。

全部是一點的骰子，宛如美麗的煙火浮現。

「大放光彩……大放光彩……」

水田想起花岡說的話。

——這是剛踏出校門的青年，被淺草這個地方的魅力莫名吸引，在淺草的小劇場尋求棲身之處，抱著有點玩票的心態從事編劇、導演、舞臺設計工作時的故事。水田曾經也是其中一人。

不過，如今早已過了外行人樣樣覺得新鮮的時候，雖非仙子，但現在或許同樣到了果斷放棄的時刻。

和美智子兩人同行，可曾在哪裡，有過大放光彩的時候嗎？水田始終無法入眠。

美智子擲骰子的聲音，也依舊清晰可聞。

燕子號的女童

出了逢坂山隧道後的近江[1]路段，觀景車廂的乘客多半已早早入睡。就算還沒睡著，也都閉著眼。

七、八個男人的年紀相仿，似乎都是為了工作，經常往返關東和關西之間的人。

青色麥田中，處處盛開著油菜花，更遠處還有春日湖泊。欣賞這些景致的，只有牧田夫婦。

此外，車上的女客，除了章子之外，只有一個西洋小女孩。

看著小汽船從湖的末端經過鐵橋下，進入瀨田川，

「那是遊覽船嗎……？」

牧田說。章子點頭後，直到安土一帶，兩人都沒有再說話。

車廂兩側的窗邊，是一整排客廳式的的椅子，除了牧田夫婦，大家都是隻身旅行，也沒有交談，男士們似乎為了避免注視一看就知道是新婚夫妻的兩個人，全都閉著眼，可是總覺得不管說什麼都會被聽見，因此牧田

也不便開口。

彥根城已遙遙在望。

觀景窗特別大，就連章子的日式外套，以及和服腰帶隆起的下方，都被午後的陽光照耀。看到章子的脖子曝曬在日光中，牧田不知怎的嚇了一跳。彷彿看到不該暴露的肌膚露出，頓時有點驚訝。這也是因為，看到曝曬在日光下的脖子那瞬間，讓牧田非常強烈地感受到，章子肉體的一切。

這麼一點裸露的肌膚，就能清晰感到女人的一切，對牧田而言還很稀奇。近似驚訝的喜悅，似乎溢滿心頭。

不過，本以為那樣光滑細膩的肌膚，被陽光一照，每個毛孔，都會有人類皮膚特有的那種白白的污垢，但看到這個，他頭一次覺得，這個女人也是和自己完全不同的生物，感覺有點不可思議。

1　近江，現在的滋賀縣，行經琵琶湖。

這個女人，在蜜月旅行歸來的火車上，到底在想什麼呢？牧田不知道。那種無知，現在也是一種愉快。

婚禮化妝時，章子當然應該也刮了後頸的汗毛，但旅行期間，她好像沒有用剃刀刮過。

汗毛如白濛濛的灰塵生長。

那種汗毛，令牧田感到，章子乖乖順從任他擺佈的肉體，好像隱藏了什麼。

章子的頭髮，看起來也有點紅褐色。那是因為照到太陽，但女人的頭髮，被太陽照射就會看起來發紅這種事，自己到底是什麼時候從哪裡學來的？牧田思忖。他完全想不起來可提供那方面線索的女人。

稍微閉上眼，身體深處就有種麻痺似的甜美疲憊，無數水母浮現腦海。

那是在橫濱出航時看到的。

牧田與章子，搭乘外國航線的船到神戶，然後經過大阪、奈良、京都後返回，是為期一週的蜜月旅行。

送他們到船艙的友人之一，把嘴貼近牧田的耳旁，牧田還以為有什麼要事，結果對方耳語說，

「兄弟，那一端和這一端，離得很遠欸。」

他指的是床鋪。經常也有完全陌生的兩個人在航海時同住一個房間，因此床鋪兩端分開，有各自的簾幕。

或許是聽到此人的耳語，牧田工作地點的上司大聲說，

「那肯定是離遠一點更好。除非是蜜月旅行……」

牧田很驚訝，看著上司的臉。這句話縈繞耳邊不去。

那時，章子在母親面前低著頭，正用兩根手指輕輕捏著母親和服腰帶下方的襟尖。八成是無意識的行為吧。只要隨便說句話，她好像就會哭出來。

送行的人下船回到岸邊後，距離啟航還有很長的時間，因此牧田很傷腦筋。他一直在想，章子只要別哭出來就好。而章子似乎也在拼命忍著不哭。

港口的妓女從欄杆探出身子，張大嘴巴叫嚷的樣子，看起來很可笑。這是蜜月旅行，所以牧田也不好意思揮舞手帕。

船啟航後，岸邊的人們跟著船跑。船客也為了看送行者，從兩邊推擠過來，牧田感受到章子身體的溫熱。牧田忽然有點悲傷。那與其說是牧田自身的悲傷，更像是章子告別父母、和幾乎完全陌生的男人搭船離開的悲傷感染到他身上。

牧田掏出口袋的手帕，交給章子。

章子揮舞那條手帕之熱烈，甚至令牧田驚訝。

接著章子意識到自己的行為，垂落眼簾，

「咦，水母……」

她說。
牧田也看下面，掀起波浪的船尾水色混濁，有無數水母漂浮。是巨大的水母。那些水母，在洶湧的浪濤間，飄來飄去伸縮著透明的身體。
巨大的船腹下，混在污濁洶湧的海水之間浮沉的大群水母，不是美醜與否那麼明確的東西，更像是某種詭異的妖魔追著船隻而來。
牧田閉上眼後，這群水母總是浮現腦海，令他很困惑。
火車看不見湖泊後，進入小山之間，快要到關原了。
「那孩子，好像是混血兒。」
牧田看著前方的女孩，小聲說道。章子似乎很意外，
「噢?真的嗎?」
「紅褐色頭髮偏黑，不覺得很像日本人?」
「是嗎?」
「或許是在日本出生，才會看起來那樣，但多少還是有點像混血

兒。」

「我也覺得她很像日本人，我從剛才就在看。她的隨身物品也是吧。」

那孩子抱著日本娃娃，拎著包袱。

「或許是混血兒吧。動作也很溫婉。」

「臉蛋倒完全像個西洋人。」

「不知道幾歲了？」

「差不多七歲吧。她那是棉布？都已經穿上夏裝了。」

「是啊。或許是亞麻。」

才剛過四月二十日，那孩子已經穿著夏天的衣服。深藍底色綴有碎花圖案，裙擺和袖子都很短。可以看見底下是桃紅色絲質內衣，規矩地穿了同色的絲質襯褲。領口還有白色的蕾絲綴飾。

頭髮中分，髮尾似乎綁著白色緞帶，但再仔細一看，那不是緞帶，是陶瓷。前額的瀏海，也有那種白色陶瓷裝飾品。

「她是一個人旅行嗎？」

章子說。

「我也很好奇會不會是隻身旅行，所以才看著她。旁邊那個人，我本來以為應該是她父親，但好像並不是。」

「不是父親。」

對年幼的孩子來說，椅子很寬大，因此那孩子深深倚靠背後的藤編椅背，雙腳放到椅子上。而且，在她立起的膝頭上，攤開著日本的故事書。手肘也架在膝蓋倚靠的地方，看起來有點像是靠著隔壁椅子的人，所以牧田起初才會以為那是她的父親。

可是，旁邊的男人漠不關心地睡覺，女孩也是一個人在玩。

「虧她一個人……」

章子似乎逐漸對那孩子產生愛心。

服務生走來，

「房間空出來了，請。」

他對牧田說。

牧田只是點點頭沒有站起來。

一等車廂分為三區。觀景車廂的前方，是設有旋轉椅的位子，前面隔成一個小房間。小房間裡有兩條長椅面對面，入口那扇門上的玻璃窗，也有簾幕。服務生或許是禮遇新婚夫妻，但牧田不好意思走進午睡用的、盒子似的小房間，光是被邀請都覺得難為情，

「船和火車，妳覺得哪個好？」

「船比較好。」

章子回答後說，

「我爸爸他，好像原本也想搭船蜜月旅行喔。」

她的聲音，似乎有點顫抖。

牧田看著章子，

「妳爸爸……？」

「對。爸爸不是一直叫我們搭船、搭船的嗎？」

「對，所以爸爸當初也有搭船？」

牧田一不小心回答。

「哎喲，又不可能結第二次婚。」

牧田笑了。

「做父母的，好像總想讓孩子做自己當初想做卻做不到的事。」

牧田對她點頭表示贊同，不過，他的內心卻有點驚訝。因為自從從橫濱啟航後，他幾乎完全忘記章子的父母。

可是，聽章子現在的語氣，似乎還在不停思念娘家父母。而且現在，牧田也察覺，站在章子的立場或許是理所當然，但他好像頭一次發現，自己與她的明顯差異。

牧田試著反省自身，完全沒有正經想過章子的父母，就這樣繼續蜜月旅行，好像是某種意外的罪惡。

「搭船是對的吧。」

「對。」

「妳經常寫信回家？」

「我寫的信，你不是也看到了？」

「只有那個……？」

「怎麼？」

章子追問。她的語氣帶著不服氣，像要質問牧田難道以為她會瞞著他偷偷寫信嗎。

兩人合寫的明信片當然不用說，就連在旅館寫的信，章子都給牧田看過。

「只有那個。」

「反正回去之後，還可以慢慢聊吧。」

「可是，我總覺得……」

章子撒嬌似地說。

「我爸爸，在我確定要出嫁後，突然變得很愛幻想，對我的事情，做出種種幻想。」

「噢？什麼樣的幻想……」

「很多……還被我媽媽笑話，說好像是爸爸自己要出嫁。」

「結果，妳怎麼說？」

「我？我說就算爸爸那樣講，我對男方也不了解，根本不知道該怎麼想。視對方而定，誰也不知道將來會怎樣——其實，我希望爸爸閉嘴。但是如果被那樣說，爸爸會很可憐。」

「可是，也會想按照爸爸的幻想做吧。」

「那樣子，我才不要……。根本做不到，也沒必要。」

章子意外強硬地說。
那雖然才是現實，但章子的父親替女兒幻想了什麼樣的婚姻生活，牧田還是很想知道。
「爸爸會那樣說，是因為爸爸的婚姻很幸福嗎……還是因為不幸福呢……」
「誰知道……？」
牧田一時之間答不上來，
「也許不是在想自己如何，只是擔心孩子，抱著期待吧。」
他含糊地說。
聲音低微得幾乎完全被車輪的聲響蓋過，但這樣低語時，章子的聲音清晰，牧田的聲音卻混濁含糊，難以聽清楚。
如果沒有那種純潔女孩特有的細語聲，牧田有時只覺得章子分明在害怕。雖然她的低語也像在顫抖，但那聲音足以令牧田感到女人味。章子還不解人事，卻已自然學會呢喃細語的音色。

前面的女孩，扔開故事書，時而解開包袱，時而重新綁起。動作有點笨拙。那是色彩暗沉的平凡包袱巾，看起來卻異樣可愛。

包袱內，有個外表貼著彩色和紙的小盒子。

之後她取出色紙，折了頭盔。

女孩把折好的頭盔，給兩個娃娃中較小的那個戴上。頭盔掉落。

「啊！」

她驚呼，撿起來後，又想給娃娃戴上，但還是沒有成功。

燕子號抵達名古屋了。從京都出發至此兩小時，途中未在任何地方停留。

牧田以為在睡覺的那些乘客，全都睜開眼，也有人起身離去。有兩三人上車，但也都是男人。

女孩小跑步去有旋轉椅的房間，抓著西洋人的肩膀，說了些什麼。

「果然，她媽媽在。」

「是啊，可是，好像不理她呢。」

母親對於女孩說的話，只是稍微點頭，旋轉椅也沒轉向孩子，逕自看書。

孩子立刻又回到觀景車廂。

這次她折了紙鶴。

章子微笑眺望那種日本式的遊戲。

三河[2]路段的瓦片屋頂很美。

女孩又打開包袱，把折紙放進盒子。

「果然是混血兒。包袱巾的邊緣，寫著寺川。」

然後，她懷著某種感觸，喃喃自語般說，

「不過，結婚真辛苦。」

牧田有點遲疑，不知她是否想起什麼才這樣說。

「那個西洋女人也是，為了結婚，來到遙遠的日本，一輩子都要在這裡生活吧。」

「那當然。這麼想的話……」

「生下外國人的孩子……」

那種事，此刻，讓章子如此感慨萬千嗎？

不過，被她這麼一說，牧田也不禁思緒迢遙。

旋轉椅的房間可以看見西洋女人的背影，肩膀寬闊，但看得出中年的滄桑。的確，只為了結婚這碼事，化為異國塵土，留下混血兒孩子，想想好像是很異樣。

這麼一想，牧田前面的女孩，彷彿某種可憐又神聖的東西。

2 三河，愛知縣的東部地區。

「西洋人的孩子，為何如此可愛。臉蛋明明一點也不漂亮……」

那孩子凹陷的眼睛很藍，額頭和顴骨的形狀也不好看，嘴唇惱人地嘟起。可是，體型卻像天使那樣感覺很柔軟。連腿根都能看見的雙腿，美麗地發光。

和日本孩子不同的，是具有孤獨的自由的那種可愛，令人感到雕刻式的獨立。

過了渥美灣的海邊後，火車進入遠州[3]路段，越過濱名湖。

那一帶的農家，家家戶戶圍繞漂亮的柴籬，而且全都冒出新芽。黃色的嫩芽，看起來就像停滿蜻蜓之類的東西。

火車要到靜岡才會停。再過去，只會在沼津和橫濱停留。

女孩從包袱取出紙氣球。大中小三個重疊。她打開最大的那個，試著放在自己頭上。氣球同樣立刻掉落到膝蓋。女孩看過來，於是牧田笑了，但女孩毫無反應，又把氣球放在頭上，用雙手按住，一邊東張西望。

「虧她一個人也能玩。她媽媽完全不理會她。」

章子說。

「西洋人的孩子，全都是那樣。打從出生時，就已是獨立的一個人了。即便是孩童，似乎也不懼孤獨。否則，可能也誕生不了所謂的思想。」

「可是，我們總覺得那樣有點可憐，不忍心看下去。」

之後，女孩把嘴對著氣球，無法順利吹脹時，章子終於起身走過去，自己替她吹氣球。

女孩乖乖把氣球交給章子，但是拿回來時，好像只覺得章子多管閒事，幾乎對章子不理不睬。既不羞澀，也沒有對章子笑一下。

3 遠州，靜岡縣的西部地區。

她似乎是個很需要同伴的小搗蛋，片刻安靜不下來，結果卻始終自己一個人玩。

隔壁的男人睜開眼，對她說話，她也充耳不聞。

「看著那孩子，不覺得越來越可愛嗎？」

章子溫柔地說。

窗外的茶園，已是夕陽西下。茶樹也剛發芽。山間開剩的山櫻花，以及村子的杏花，呈現安靜夕暮前的色彩。林間的新芽正是色彩最鮮明時。

女孩又去找母親，但立刻回來了，這次，她跳上章子旁邊的長椅。

接著，從彩紙小盒子中取出沙包。

「哇，是沙包。」

章子帶著懷念的驚喜說。

沙包用的布料，是鏽紅底色的細紋友禪[4]。

窗外嫩葉的暮色中，充滿日本風情的沙包，彷彿美麗的水滴滲入眼中。

「妳家在哪裡？」

「橫濱。」

女孩雖然回答了章子，但還是不肯一起玩，只是笨拙地把沙包拋起又去撿拾。

玩膩之後，就取出十行紙，開始畫幼稚的圖畫。

十行紙是商用信箋，印著橫濱寺川這個生絲商的名號。

火車抵達靜岡。

之後，直到沼津為止都是漫長的海岸線。

4 友禪，一種傳統的日本染色技法，主要用於和服的裝飾上。友禪染之名源自於江戶時代京都的扇繪師宮崎友禪齋。

章子一直看著女孩，忽然轉頭對牧田說，

「我們大概會一輩子想起這孩子吧。」

「會記住吧。」

「一定忘不了。雖然應該不可能再見面……」

「是啊。」

「回程的路上，好像只顧著看這孩子。想想真不可思議。」

接近東京了，那裡正有兩人的家庭生活等著他們，對此，牧田也覺得很不可思議。

「抵達東京時，正好是九點。不想再多旅行一會嗎？」

「是啊。不過，我已經想回家了。還有很多事要做呢。」

「要做什麼？」

「哎喲。」

章子微笑，

「乾脆把這孩子偷走算了。」

「很難偷走吧。她很精明。」

牧田說。他驀然想到，他們兩人之間，如果生出一個藍眼睛、紅頭髮的孩子，不知會怎樣。

他恍惚思忖，那樣全世界的人種雜婚的和平時代，在遙遠的未來應該會來臨吧。

女孩一臉無聊地站起來，小聲唱著歌，一邊跳了一下舞，走到書架前，抽出一本書，又回到原位。

海面染上色彩，遠方的向晚天空聳立巍峨的富士山。

夫唱婦隨

一

牧山從學校回來，外套多半是自己脫掉，領帶則由妻子延子解開。然後就兩腿一伸。延子會脫下他的襪子，替他穿足袋[1]。連足袋上的扣子都替他扣好。

早上出門時，也是延子替他穿襪子。襯衫和背心，當然也是延子從他身後給他套上。不過，只有領帶，牧山是自己打。不用看鏡子，照樣打得很漂亮。延子稍微碰一下，他都不高興。牧山喜歡收集領帶，只要有哪家店賣領帶，他就會經常去看。以教師來說，他想必算是時髦人物。

帽子，也是延子送他出門時，在玄關遞給他。回來也是在玄關脫下，交給延子。

在延子看來，夫妻之間，給丈夫穿脫襪子這種小事，根本不算什麼，但是如果別人看到，有時也覺得有點尷尬。不過，牧山不在乎，照樣把腳伸到延子面前。

在當代的中等家庭，想必少有哪個妻子連足袋的扣子都幫丈夫扣吧。延子之所以這麼做，是因為延子的母親從前就是替父親這麼做的。

延子的父親早逝。母親替父親脫襪子、穿上足袋這種小事，延子壓根沒有回想過，但是和牧山確定結婚後，她漸漸想起來了。那種時候父母的模樣清晰浮現，延子在被窩裡，眼淚都掉出來了。

離開娘家的感傷，似乎也蘊藏在那樣的父母身影中。娘家只剩母親一人，當延子思念母親時，那或許是恰好的回憶。

——父親有著肥厚且醜陋張開的大拇趾，而且，趾根長著黑毛，是扁平足，但看似柔軟，腳很大。母親的白皙雙手圍繞著那雙腳忙碌，是昔日傳統的女子。短短的手指很勤快。

1 足袋，日本傳統分趾布襪，常搭配和服與草履，象徵日式美學與禮儀。

牧山雖是贅婿，因工作需要住在東京，所以獨生女延子結婚後，母親就把小妾的孩子接回鄉下的老家。

延子想模仿母親，也給牧山脫足袋穿襪子，不知不覺中，養成了習慣。所以，那不只是照料丈夫的生活，對延子來說，其中也有父母的回憶。

父親的腳和母親的手浮現心頭的同時，延子有時也悄悄打量丈夫的腳和自己的手。她覺得，自己的手很美。而男人的腳，長得是多麼奇怪啊。

延子感到有點荒謬、有點忍俊不禁的溫情，

「好了。」

說著，拍拍丈夫的腳背。她不由自主，偷偷憋笑。

就算有女人會替丈夫穿足袋，想必也少有人這樣仔細打量丈夫的腳吧。就連自己的腳，平時都不曾留心注視。

當然，延子也沒有正眼看過其他男人的腳，但她覺得丈夫的腳應該算是平凡的。父親在鄉下的大家庭長大，過著控制別人的生活方式，他的腳擁有的任性力量，丈夫的腳似乎沒有。鄉下的家，以及父親的身上，都殘留濃厚的封建思想，讓母親替他扣上足袋的扣子，也是自然之舉。

「不知腳是否也有個性……」

延子替丈夫脫襪子，一邊說道。

「嗯哼。」

「不是有所謂的面相和手相嗎？從腳的形狀，或許也能判斷那個人的個性。」

「或許吧。」

牧山漠不關心地回答，把腳交給延子，毫無戒心，任由延子觀察他的腳。

換好衣服後，牧山似乎想起什麼，

「妳的給我瞧瞧。」

說著，他努動下巴，指著延子的腳。

「我不要。」

延子搖頭，把腳縮進和服下擺內。有點臉紅。

「可是，不先看一下，說不定哪天會碰上不方便的狀況。」

「又不是什麼值得那樣正經八百觀看的東西。女人的腳，就算不看，也沒關係。」

「嗯哼。」

照理說，丈夫摸了延子的腳好幾年，應該看得夠清楚了，但延子猜想，他大概根本不記得妻子的腳是什麼形狀。

牧山啜飲熱茶，沉默片刻後說，

「我記得曾經聽過這樣的事。某輛卡車被火車撞翻，卡車上的乘客飛到鐵軌上，好幾人的腳，都被火車碾過。那輛卡車當時載滿從海水浴場回來的青年團，大家都站在車上。就算看到斷腳，當下也不知是誰的，情況很混亂。可是，等家屬趕到現場，據說立刻就認出自己家人的腳。」

「天啊。」

延子蹙眉。

「好像真的認得出來。」

「真可怕。」

死去父親的雙腳，在延子的眼中，清晰浮現。

延子把母親以前替父親脫襪子、穿足袋的往事告訴丈夫。她頭一次向丈夫坦承，自己還未婚時從不曾想起，但在確定和牧山的婚事之後，就突然想起來了，真不可思議。

「等有了孩子，說不定會想起更多自己兒時的往事。」

「或許會吧。」

「一定會。看著自己的孩子，大概會想起種種自己小時候發生過、現在卻已忘記的事情，這麼一想就很期待。」

「就連現在，妳也算是記得很多小時候的事情了。妳不是經常說起嗎？」

「可是，你每次都一臉不高興。好像並不想聽。」

「沒那回事。不過，我好像已經記不得了。」

「女人的生活圈很小，所以記得的都是自己無聊的瑣事吧。」

「不是那樣。是因為女人只愛自己。這點，是女人的強大。」

「哪有只愛自己。是只愛別人，拋棄了自我。要不然，怎麼能夠當妻子、當媽媽。」

「應該是說透過愛那些與自己有肉體關係的人，表現出只愛自己的這一面吧。」

延子很不服氣。丈夫的說法聽來淺薄。丈夫或許只是一時興起在調侃她，可延子也覺得丈夫老是漫不經心地浪費她的愛情。

「事實上，我在做學問方面的記性也很差。我很清楚自己的記性靠不住，所以養成了事事都逐一翻書求證、查閱資料的習慣，也因此，才能夠當教師。」

牧山說。

「我希望妳能代替我好好記住。」

「可是……」

「不，我是說記住我們的生活。年輕時的事，將來就由妳一一當成往事訴說，作為老後的樂趣吧。」

「好。」

延子點頭。丈夫意外的發言，打動她的心。

「那好，我決定寫日記。」

「日記？這樣啊？」

牧山似乎在考慮，

「日記不大好吧。寫下來或許不好玩。還是延子妳記住比較好。」

「哪有這樣的……我也不可能記得那麼清楚啊。如果寫成日記，就更明確了。我的記性，也很靠不住。我記下來的可能和事實不同。被你那樣信任，我反而傷腦筋。」

「人的回憶，無非是如此。不用那麼精確沒關係。和事實不同更好。妳只要照妳喜歡的方式記住就足夠了。老了以後聽聽那些故事，如果能想起『啊，當初原來是這樣啊』，那就夠了。」

「好吧，我會努力記住。」

延子微笑，

「不過，你如果不跟著記住，那多沒意思。」

「我不行，我如果記得，一切的一切，都會變得無趣。」

「哎喲，為什麼……？」

延子摸不透丈夫的真意，

「真奇怪。」

她說著，稍微摸了一下丈夫放在火盆邊的手。

牧山說以後聽延子敘述回憶，就會想到兩人是怎樣生活至今，可以當作老後的樂趣，延子相信，可見牧山對自己的婚姻生活很滿足，應該沒有背叛的念頭。

還有，牧山說希望將來按照延子的記憶，得知兩人曾那樣生活過，可見牧山一定非常愛延子。

延子在幸福的同時，不知為何，也覺得必須更加關懷丈夫。

不過，就算聲稱自己記性差不是謊言，兩個人的一生，卻叫延子一個人記住，全權交給延子，可見丈夫的個性中，也有任性自私的部分。或許是因為自己連足袋的扣子都替他扣，因此助長了丈夫的任性。

不過，自己夫婦的人生，與其讓牧山記住，還是自己記住，老了以後回想，肯定會更覺得幸福吧。延子如此想像。然後，驀然一驚。

因為她在想像的過程中，不只是男與女的差異，似乎也察覺到丈夫和自己的性格差異。

造訪牧山家的人時，無論是誰，都說延子是好太太。沒有人不誇獎她的賢慧。

「妻子看起來賢慧，是因為丈夫有缺陷。」

牧山每次總是這樣笑著回答，客人聽了也總是說，

「沒那回事，是因為丈夫好。」

那種時候，牧山總是皺起臉。

二

延子的母親死了。至於小妾的孩子桂子，延子決定把她接來東京的家。

牧山當然極力反對。延子的母親當初把桂子帶回鄉下老家時，牧山也

很反對。牧山的說法是，延子的父親過世時，桂子的問題已經解決，之後對方也沒有抱怨，既然如此何必又主動和對方牽扯不清。

「先不說別的，岳母這樣，不就等於侮辱自己嗎？憎恨對方才是理所當然吧。」

即便被這麼說，延子還是無法恨桂子。或許是因為沒有一起生活，甚至還覺得那是自己唯一的手足而有點感傷。

總之，她希望桂子能照顧母親，因此之前她瞞著牧山，送了很多東西過去。延子心想，牧山要是能設身處地想想母親寧可接納小妾之子的寂寞就好了。

對於父親有外室，母親老實地放棄抵抗。並沒有像牧山說的那樣視為妻子的屈辱。新學年開始時，母親甚至還會送禮物祝賀桂子升級。

在母親的喪禮上，牧山頭一次見到桂子，他頗感意外地說，

「不是美人嘛。」

「你以為是漂亮的孩子？」

想到牧山或許認為，小妾的孩子通常比正室的孩子貌美，延子就很不高興。

桂子的個子很高，感覺瘦骨嶙峋，沒有女人特有的溫柔。身體比臉蛋還黑。不過，濃密的頭髮很美。笑起來的時候，有點像延子的父親。

叫她在廚房幫忙，她處理餐具也粗枝大葉。母親連走廊和柱子都會細心擦拭，很珍惜老物品，延子猜想，母親和桂子一起生活時想必很困擾吧，事到如今她更憐惜母親的忍讓。

既然要把桂子接來東京，鄉下的房子就完全用不上了，牧山提議不如將之賣掉。他說現在正是把田地和山林也脫手的時候。

延子很驚訝，

「可是，我們現在這樣生活，並不缺錢……」

她自認說得很平靜，聲音卻在顫抖。最重要的是，似乎有一種恐懼令她背上發冷。

「不如再等一陣子……」

「當然，那是妳的財產，所以我並不是叫妳馬上就要處理。」

「我沒當作那是我的東西。那是屬於你的。」

延子戰戰兢兢。

「可是，東京的生活，還是會有點不安吧？即使有股票，對我這種鄉下人來說，還是無法信任。相較之下，在鄉下擁有田地和山林的人，你不覺得好像就能比較安心？如果沒了鄉下的東西，我們也會如無根浮萍。」

「那是因為，妳在鄉下，度過了幸福時光。妳對那段幸福時光的幻影，仍眷戀不捨。像我這種從小就吃苦長大的人，不會被財產的美夢欺騙。只會靠精確的計算去判斷。」

被他這麼一說，延子連回答都很困難。牧山理財有道，想必判斷得失沒出過錯，但是家裡明明不缺錢，延子實在難以理解，有何必要賣掉鄉下的房子和土地。丈夫若是商人或企業家也就算了，可他身為學者，不是過著安靜的生活嗎？

牧山想安撫延子的恐懼，

「我如果玩股票，在外面欠了錢，那總可以賣掉了吧？」

「對，那當然就沒辦法了。」

延子說著，也笑了。牧山不可能做出那種事。這個話題就此擱置。

桂子來到東京的家後，老實地依賴延子，對牧山卻始終疏遠。

牧山也沒吩咐桂子做過任何事，有必要說話時，總是透過延子轉達。

「那女孩總是悶不吭聲，都不知道她在想什麼。」

牧山說，覺得桂子很礙眼。

「不會啊。她很愛說話。」

可是，延子也沒怎麼替桂子在牧山面前緩頰。因為延子也感覺得到，桂子不知為何有點瞧不起牧山。

延子給丈夫穿足袋時，桂子就會在旁邊露出冷笑旁觀，彷彿想說牧山是贅婿還有臉這麼跩。

這讓延子很難過。不僅是自己，她覺得連母親也一起受到桂子的冷笑。

延子的父親，從前去小妾家時，也會讓桂子的母親給他扣足袋的扣子嗎？看著桂子，延子總覺得，應該不是那樣。

也許是在亂七八糟的屋內，讓延子的父親穿著領子油垢發黑的大棉袍，邋遢地隨便躺臥吧。給父親吃的，恐怕也是從附近可疑的小店家，叫來的烏龍麵和蜜豆冰。

延子有時覺得，桂子或許是父親污穢卑劣的那一面生出來的女兒。

可是，桂子看延子的眼神，似乎不知不覺改變了。延子如果要給丈夫脫襪子，桂子就會悄悄垂落眼簾。延子的直覺驀然察覺異常。

延子想起，自己是在和牧山的婚事確定後，開始想起母親的往昔。桂子該不會也和誰戀愛了吧。

果然，延子的直覺沒錯。——桂子向延子坦承，已和佐川許下結婚的約定。而且，她說自己似乎懷孕了。

延子只好與丈夫商量。牧山立刻寫限時信把佐川叫來。

佐川這個人，是牧山的助手，經常出入牧山家中。這次在牧山的安排下，剛剛確定要去外縣市的學校赴任。

三

牧山說，等佐川來了，延子也一起去見他。延子在鏡子前稍坐時，牧山站在旁邊說，

「寄出限時信後已經過了三、四天，佐川還沒露面，可見這件事說不定會有點麻煩。」

「是啊。不過，這段期間，能夠確定桂子並未懷孕，真是太好了。」

「啊？」

牧山愣住了，

「怎麼確定的？」

「你真傻。」

延子一走進客廳，就看出佐川含著幾分敵意，渾身充滿戒心。

「收到老師的信，本該立刻來拜訪，但我有很多事需要考慮……」

他有點臉色發白地說。

「嗯，真令人驚訝。你是個正經人，所以應該先和我們商量才對。不過我也知道這種事或許難以啟齒。」

「是。」

佐川沉著臉低頭片刻，

「看到老師的信，我覺得自己也有責任，所以已經改變主意了……」

「怎麼改變主意……？」

「是關於孩子。」

「孩子？她沒有懷孕。」

「啊……？」

佐川真情流露地驚呼，

「這樣子嗎？」

他低喃，隨即敏銳地掃了延子那邊一眼。

牧山對佐川的態度似乎感到不安，

「不過，你應該還是會信守約定吧。」

「約定……？我和桂子小姐，並沒有任何約定……。」

「桂子說，已經和你許下結婚的約定。」

「沒那回事。桂子小姐應該最清楚。打從一開始，我們就不是抱著那種打算交往。」

「不然，你是抱著什麼打算？」

「我當然也有責任，但桂子小姐也一樣，我認為彼此半斤八兩。」

牧山沉默片刻後說，

「現在是沒有懷孕所以還好。如果真的有了，你會和她結婚嗎？」

「不會。那麼荒唐的事我想都沒想過。就算真的有了，我也不可能結婚。所以，我才會苦惱兩三天，孩子該怎麼解決。」

「不是為了桂子苦惱嗎？」

「我和桂子小姐，已經分手了。這種事，是彼此的錯誤，所以已經決定趁早了斷。」

牧山氣得嘴唇直哆嗦。他努力保持平靜說，

「你玩弄恩人家的女孩，居然還能腆著臉，說出這麼不知羞恥的話。」

「老師，您誤會了。我就是怕或許會有這種情形，所以把日記帶來了。」

「日記？」

牧山與延子面面相覷。

「只要看了這個，應該就會明白。我自己也曾反覆重讀，但我實在不認為這是我一個人的錯。」

「你還有寫日記？」

「是。」

「那可真是準備周到，令人佩服。給我看看。」

「是。如果非看不可的話，我希望給夫人看。」

佐川說著，把日記本交給延子。

打從剛才，佐川絲毫不肯示弱的冷酷態度，令延子過度震驚，毋寧是心神恍惚地看著他發呆。

她抱著有點茫然的心情，翻開佐川的日記本。處處有折起的頁面，大概都是和桂子見面的日子吧。

可是，才看了兩三行，延子就臉色發白。為了不讓自己發抖，她用力併攏雙膝。

——佐川愛的，其實是延子。他來擔任牧山的助手，不是因為敬重牧山的學問，而是被延子的魅力吸引，藉此出入延子的家庭。

識破這點的，只有桂子。她用要把佐川的心意轉達給延子，或是要向牧山揭發之類的藉口，把佐川帶出去，然後主動糾纏佐川，獻身給他。佐川終究不敵桂子哭訴的誘惑。對於即將遠離延子、被迫淪落到鄉下的佐川而言，多少也是因為放鬆戒心而有點大意了。

延子看日記的表情不同尋常，因此牧山似乎起了疑心，

「怎麼樣？是桂子的錯嗎？」

「啊，是。」

延子不肯抬頭。

「是嗎。那我看這樣吧。總而言之，先把桂子叫來這裡，讓她和佐川好好談一談，達成彼此都能接受的決定吧。」

「是。」

「妳去叫桂子。」

「是。」

延子想走，

「夫人。」

佐川叫住她。

「夫人。請把日記還給我。」

「好，不好意思。」

延子走回來，把日記本交給佐川。

「我們都不在場比較好吧？」

牧山說著，和延子一起走出客廳，

「怎麼樣?真的不行嗎?」

延子倏然閉上眼,抓著丈夫的肩膀幾乎倒過去,搖了兩三下頭。

過了一會,牧山去客廳看情況,

「喂,延子。佐川走了。喂,延子。」

他大喊。

「這小子太不像話了。連一聲招呼都不打就逃走,怎麼會有這種人。」

延子一走進客廳,桂子就抱著她的膝蓋,放聲大哭。

「姊姊,對不起、對不起,姊姊。」

延子茫然若失,卻感到自己的臉頰也有熱流滑過,這才忽然回神,拍撫桂子的背部。

而且,似乎直到此刻,她才第一次感到手足親情的交流。

當晚,延子一邊給丈夫脫下足袋、穿上睡衣,一邊說,

「我暫時帶桂子去鄉下的家，可以吧？她太可憐了，我想讓她靜養一陣子。」

「嗯。不過，那個女孩子，我實在搞不懂。我會請佐川再考慮一次，如果還是不行，就早點在鄉下把她嫁掉。」

「好。」

「桂子二十四歲吧？」

「對，二十四。」

「和妳差三歲嗎？」

「對。」

延子睡不著。

做夢也沒想到，佐川居然愛著自己，自己未免也太糊塗了。由此或許也可看出，自己是如何被丈夫占據了全副心神。

莫名的眼淚，濕透枕巾。延子是幸福的。那無疑是因為愛著丈夫而有的幸福。

不過，她不由感到，佐川的事，令自己記得的人生和丈夫記得的人生有所不同了。老後聊起回憶時，能把佐川的事告訴丈夫嗎？延子思索，必須讓自己屆時能夠誠實地說出口。

延子違逆牧山意思的，只有賣掉鄉下房子和土地這件事，但她最後也決定聽從丈夫的話，帶桂子回去找鄉下的親戚商量。

一個孩子

元田一眼就看出來，趴在床上痛苦掙扎的是芳子。

醫院辦公室的窗邊有一棵高大的合歡樹。透過合歡樹的枝椏，他仰望中庭對面的病房，明明遙遠得連浴衣的圖案都看不清，卻彷彿連這邊都能聽見，芳子在頻頻作嘔，卻沒東西可吐，只能吐出黏稠如唾液的黃水。弄得元田自己也跟著胸悶欲嘔。

「總之，再觀察三、四天，如果母體真的有危險，或許也只能請你們放棄了。屆時，我會再和你商談……」

醫生對元田說。

「是。」

元田避開醫生的注視，一逕眺望芳子的病房那邊。

元田懷疑，醫生是否認為他們倆是正式結婚的夫妻。第一次來醫院看診時也是，醫生說來得有點太晚了，言詞之間似乎在懷疑他們倆的關係。

身材嬌小的芳子，今年春天剛從女校畢業，看起來分明是個更適合童裝的少女。頭髮也沒有留長到可以綁髮髻的程度，卻因害喜如此憔悴，感覺有點殘酷。芳子堅持不肯來醫院。元田也覺得難為情，因此一天拖過一天。

被叫到名字要進診療室時，芳子忽然倒退兩三步，就此站定，看著元田。不知怎的好像在試圖微笑，但她大概也察覺到自己奇怪的舉動，不意間羞紅雙頰。連護士小姐都轉頭看向元田。

住院後，元田雖然想告訴醫生他們倆已經正式結婚，卻始終找不到機會開口提起那種事。

「她那麼難受，是因為結婚時年紀太小嗎？」

元田試探著說。

「不，應該不是。是體質如此吧。」

醫生也看著芳子的病房那邊。

梅雨季節難得出現晴空，淺粉色合歡花朦朧浮現。底下的青葉之間可以看見窗戶，芳子果然還看似少女。

只見她雙手用力按著心窩，屈起的雙膝壓向胸口，伸到病床外的肩頸晃動著，似乎很痛苦，看起來馬上就要倒栽蔥跌落床下。

元田慌忙走出辦公室。一進病房就抱起她，芳子無力地把臉頰貼著元田的胸口，呼吸粗重地呻吟。

「護士小姐到哪去了？」

「我不要人陪。我不要人陪。」

芳子說著搖頭，緊抓元田的手臂。連她的掌心，都冒出冷汗。元田替她擦拭額頭。芳子也握著自己的袖口，擦拭嘴巴周圍口水似的液體。元田想替她換睡衣，芳子卻說等一下，伸長雙腿躺下了，

「很難受嗎？」

元田問。

「不會。」

芳子微笑說，

「咦？難受的感覺，忽然消失了。這是怎麼搞的。好奇怪。我好了耶。是因為有你在嗎……？」

之後，元田把長嘴式水杯拿給她，芳子閉著眼，津津有味地喝茶。像吹口哨般呼地吹出聲，嘻嘻笑了起來。

「要不要趁現在吃點東西？」

「不要不要。拜託不要提吃的。否則身體又會作怪。」

元田用臉盆裝水，擦拭芳子的身體。芳子坐在床上，但是如果不用一隻手抓著她的肩膀，她就會搖搖欲墜。元田的手指可以感到芳子肩膀纖細的骨頭，女學生曬黑後突然變白的脖頸至背部一帶，汗毛格外顯眼。

芳子拉上窗簾，請元田替她按著房門把手。元田站在門邊，看著她被醫生宣判生產恐怕有點困難的骨盆，感到很心疼。——護士小姐測量時，芳子沒喊過疼，所以留下了捲尺的印記。

換上新的浴衣後，芳子搓揉腳趾之間。搓出黑垢。元田看著正覺得噁

心，這時芳子抬起頭，

「欸，你去見過醫生了吧？」

「嗯。」

「醫生怎麼說……？欸，醫生是怎麼說的？不行嗎？醫生說不行？」

芳子一邊逼問，已經潸然落淚。

「我不管。我一定要生下來。就算死掉也沒關係，拜託讓我生下來。好嗎，你答應我……我死都要生下來……」

她的嘴唇顫抖似地抽搐。

「沒事的。一定會沒事的。妳只要好好吃東西，就沒問題了。」

「真的？我什麼都吃。」

說著，再次臉色發青似乎起了雞皮疙瘩，芳子又想吐了。元田輕輕讓她躺下。

「你幫我拿一下那張照片……」

那是女校的畢業紀念照。芳子特地帶來醫院。

「我會死吧。」

「別說了，傻瓜。」

「可是，看這張照片，好像只有我一個人是死掉的人。不是嗎？我一定會死。」

拍那張照片時，唯獨少了芳子。是事後將芳子一個人的照片，嵌進畢業生全體排排站的上方。

芳子之所以未能出席畢業典禮，是因為她當時離家出走，去找元田了。

芳子的家是鄉下小鎮的釀酒商，到了要畢業時，已開始有親事找上門。芳子只好向母親表明，已和元田許下婚約。元田是榻榻米店的兒子，幾近半工半讀才勉強念完大學，自然是門不當戶不對，不可能獲得同意。傳統大家長氣質的父親劈頭就把芳子痛罵一頓，芳子或許也是因為氣憤難平，索性逃家去找元田。

元田回到公寓時，只見芳子兩眼紅腫，孤零零地坐著。本來可以在火車上發電報，或是先打個電話去元田的公司，她卻連那個都沒想到，似乎一路只顧著哭哭啼啼，一看到元田，就像在苦等沒希望回來的人，帶著可憐兮兮的喜悅迎接他。

看起來不像勇敢經歷了華麗大冒險的戀人，倒像是什麼悲哀的空殼子。那反而誘使元田將芳子抱入懷中。

而芳子家，大概做夢也沒想到女兒會如此大膽跑去找元田。他們似乎找遍了親戚朋友家，等芳子的姊姊來到元田的公寓時，已經是事發四、五天後。總之芳子還是被姊姊帶走了。

因為發現懷孕才慌忙舉行婚禮，是在三個月後。婚禮在東京悄悄舉行。但芳子的母親還是住進新婚夫妻的家，替女兒辦妥嫁妝才走。

之後，兩人的新婚生活，幾乎可說是從芳子劇烈的害喜開始的。

那是狹小的鄉下小鎮，因此芳子的事也立刻被女校得知。她的考試全數通過且取得優等成績，卻缺席畢業典禮，離家出走去投奔男人，因此一度鬧到學校要收回她的畢業證書。

看到畢業紀念照，總會讓人想起這些事情。芳子一個人的照片遠離大家，獨自漂浮在上方的空白處，那是兩人結合的紀念，也像在歌頌熱情的勝利。

芳子在公寓等待元田時的可憐模樣，如今想來似也充滿抒情，兩人相信，芳子的冒險就是愛的火焰。

而芳子之所以一再取出這張照片打量，大概是因為還在頻頻懷念女校。

不過，聽到她說，好像只有自己一個人看似死人，元田也無法一笑置之。只有芳子的照片與眾不同，是否暗示著異樣的命運？多少也的確有點不祥。這樣把死者的人像嵌入，本就是紀念照的習慣做法。

她的害喜症狀似乎特別嚴重，整個人已經衰弱到必須注射營養劑。就算熬過害喜，也不確定或許必須在未足月時就剖腹生產的身體會變成怎樣。醫生也說，如果這種情況持續三、四天，母體會有危險。

芳子說死都想生下孩子，與其說是母愛使然，或許是生病使得腦子有點異常的囈語。

不過，芳子想生下這孩子的心情，元田也很理解。如果沒有這孩子，兩人不可能結婚。更何況，對芳子而言，結婚前的艱苦歷程，寄託在這孩子身上，心情想必很感傷。如果犧牲這樣的孩子，恐怕無法承受之後的空白。一方面固然是怕有罪惡感，但是更強烈的，是難以形容的不安。芳子已經只能盲目地把這孩子當成救命繩索了。

「學校的講堂，掛著創校以來的畢業照喔。他們一定都在笑我吧。不過，如果我死了，他們會覺得我可憐嗎……」

芳子扔開照片，閉上眼。凹陷的眼皮，可以看見眼球不安分地動來動去。而且，眼淚源源不絕。彷彿淚腺失去控制。

「現在死掉，會帶走寶寶，就好像你也一起死掉，雖然很抱歉，但那樣反倒幸福吧。」

芳子說著，從枕頭底下取出一張紙。元田一看，上面詳細寫著，他的衣服和內衣，按照夏冬兩季，分別放在衣櫃的哪個抽屜。也有餐具類的目錄。

「如果大家都來了，你卻不知所措會很丟臉，所以我都寫下來了。」

「不會到不知所措的地步啦。」

元田的心情一沉。這是多麼寒酸的遺書。不愧是女校的優等生，用鉛筆寫得整整齊齊一絲不苟。

元田終於決心請醫生把孩子拿掉。芳子潮濕的雙眼似乎從最底層變得清澈透明，令元田畏懼死亡的陰影。

替她擦拭又冒汗的身體時，碰到小巧的乳房，只有那裡是冰冷的，元田把臉撇開眨眨眼。

沒想到，芳子的害喜竟然神奇地痊癒了。其中或許有醫療的效果，但感覺就像是短暫作祟的惡魔離開了。

她的食量大得令人傻眼，轉眼就胖了。她不管三七二十一，整天只是像陀螺一樣忙著工作。芳子已不再像是出身富裕的世家望族，反而像是在另一個家庭長大的女孩。她或許連肚子裡的孩子都忘了，像個女學生那樣唱著歌跑來跑去。元田從未見過如此快活的芳子。

即使坐著，腰部也多了分量，突然變成人妻應有的體型。手臂也有緊緻的肌肉，捏起來很有手感。對感情也是，女人貪婪的力量，開始熊熊燃燒。

兩人忘了生產的不安，沉醉在新的幸福中。

然而，某天早上，芳子嗆到的聲音吵醒元田，只見芳子在被窩裡抽香菸。

「喂。」
元田想搶過來。
「讓我抽一下，又有什麼關係。」
芳子反抗。元田譴責她，女人怎麼可以一大早就在床上抽菸。
「有寶寶在，好睏喔。是兩人份呢。」
芳子說著，背對他，呼地吐出一口煙。
「香菸算什麼，我之前就開始抽了。」
元田對芳子的賭氣感到哭笑不得，看了一會後，
「笨蛋！」
他忽然打了她肩膀一下。
芳子當下跳起。接著，三兩下收起自己的被褥後，她粗暴地扯開元田的被子，用力哼聲一把掀起墊被。元田立刻滾落到榻榻米上。
芳子的神力，把元田嚇壞了，但他平靜地說，

「會流產喔。」

「沒關係，反正在墳墓底下照樣能生小孩。」

芳子嗤之以鼻，平時讓女傭做的事，唯獨今早不同，她偏要故意用力，自己把被子扔進壁櫥。

「我做了噩夢，非常傷心，所以才抽菸。我夢見在墳場聽見嬰兒的哭聲，是從死人的肚子裡生出來的喔。像青蛙一樣慘白的肚皮，被月光照亮，啊呀！好恐怖。」

芳子說著渾身打哆嗦。

元田想，這該不會是又要害喜的前兆吧？可是，芳子的說話方式莫名地虛假，是否真的做了那樣的夢，難以信任。說不定是在什麼書上看到的故事，被她當成自己的夢說出來。

芳子的聲音中，那種一心依靠元田的可愛，最近消失了，反倒帶有明確的韌性，變成可以面不改色撒謊的聲音。

在廚房，她也會推開女傭自己拼命工作。那天的早餐，她在元田的面前，放了生雞蛋、海苔、醬菜，可是沒有味噌湯。一催促她，她就說，

「光是聞到味噌的味道，我就想吐。你叫女傭煮，等我不在的時候你再吃。」

說著，也不看元田，自己狼吞虎嚥地連扒了三、四碗鹽漬昆布的茶泡飯。囂張的模樣特別氣人。

元田察覺芳子的偏食，說這樣對胎兒的發育不好。

「如果發育不良，生產時不是更容易？」

芳子大言不慚地說。

元田的襪子破了洞。襯衫袖口也髒了。

「在公司又不會脫襪子。你真的很囉唆欸。虧你是榻榻米店的兒子，還滿愛漂亮的嘛。」

「妳說什麼！」

「不是嗎？你不是榻榻米店的兒子嗎？」

元田從抽屜取出芳子的「遺書」，找到襪子和襯衫放的地方後，

「妳回想一下這個。」

說著，塞給芳子。當時那惹人憐惜的芳子，究竟到哪去了？

元田自己換襪子時，芳子把「遺書」撕得粉碎，扔在一大早就有盛夏艷陽照耀的院子。浴衣領口露出的肩頸，有美麗的豐腴皮肉，就像塗抹香精油一樣光滑細膩。元田忽然覺得，這不是自己的芳子，倒像是看到街頭的妓女，不由閉眼。

之後那兩三天，芳子幾乎完全不跟元田說話。

芳子說胎兒是神聖的，變得有潔癖。去年剛從大學畢業、還很年輕的元田，順從了芳子的意思。

芳子忘記化妝，相貌變得尖酸刻薄。顴骨聳起，用有點像男人的眼神，正面直視元田。而且，彷彿被體內湧出的暴力驅策，喜歡做費力氣的

粗活。
元田交代女傭，不要讓芳子做太多家事。過了四、五天，女傭向元田哭訴，說她被開除了。那是從芳子娘家帶來的女傭，對芳子向來忠心耿耿。元田替女傭說情，芳子卻勃然大怒，
「女傭哭著跟你說這些，真骯髒。你們兩個偷偷講什麼悄悄話？」
元田這才察覺，芳子受到病態的嫉妒折磨。他恍然大悟，難怪他只是提到同事的八卦話題，芳子也動輒表露反感，原來是這個緣故。
元田覺得必須提醒她，可是，那種嫉妒來得莫名其妙，似乎含有某種邪惡。芳子以前明明個性率真受人喜愛，但最近，她好像總是先流露敵意看待他人。純真的心靈消失了。也失去傳統世家閨秀特有的純潔氣質。她以前在娘家，應該不是這麼沒規矩的生活方式。
就拿鮪魚生魚片來說，即使偏食地連吃一星期，芳子也照樣越來越胖，精神百倍。可是，元田懷疑，那種健康不是真的，或許只是虛幻的畫

面，恐怕輕易就會垮掉。以芳子的身體，要生小孩，果然還是太為難了？芳子就像被什麼附身，靠著那附身的魔力活著。說得極端點，也像是芳子本人已經消亡，另一個生命用芳子當道具活在人間。元田雖知那種想法是孩子氣的幻想，但顧及所謂的胎教，假設芳子的變化多少也暗示著孩子的個性，那麼想到將會生下怎樣的孩子，他就有點難以名狀的不安。

總之，家庭的和平與幸福，全都被打破。芳子變得格外好鬥，事事和元田唱反調，每天都是醜陋的爭吵，弄得元田的心情也越來越惡劣。

他懷疑是芳子頭一次接觸都市的酷暑，影響到懷孕的身體，遂提議夏天暫且回鄉下住，但芳子指控元田是想和她分手，朝他丟擲碗盤杯子，大鬧一場。

可是，在蚊帳中，芳子說孩子在動，彷彿意外綻放溫柔的花朵那樣露出微笑。安靜地閉上眼。

「是嗎——嗯，嗯。」

元田也笑了。

「少來這一套！」

芳子高聲大叫，猛然甩開他的手。

「反正你很冷淡。你對孩子很冷淡。我已經認清你了。我在醫院時，哭著懇求你，死也要把孩子生下來，可是那天走的時候，你就對醫生說不要孩子了吧。我從來沒有那麼不甘心過。我本來想和孩子一起死掉算了，不過等孩子長大了，我一定要向他告狀。沒錯，醫生都告訴我了，所以那是真的。」

醫生在芳子的害喜症狀痊癒後，大概是當成笑話對她說，有段時期她的病情真的很危險，甚至令元田如此擔心云云。結果現在，芳子卻陰險地說，等孩子將來長大就要向孩子告狀，那過於深刻的惡意，連元田都受不了了。

「我用這樣的身子嫁來，你就是不滿意。可就連那個，也是你的錯。

當初我還是個什麼都不懂的孩子，一心一意相信你，來找你商量，可是不讓我回家的，不就是你嗎？我爸爸最生氣的也是那一點。他說我還是未成年的小姑娘，先把我清清白白地還給父母，之後再上門提親，這才是體面的男人應有的行為……。我就算沒有被你那個，也不會不理睬你。我可不是為了像個不良少女那樣結婚才跑來東京的。我希望我的婚姻回想起來是美好乾淨的。可我現在連回想都不願意。」

元田一句話也沒說。不過，芳子不該講這種話。一旦說出來就完了。元田感到冰冷的幻滅。

女人喜歡崇拜自己的純潔，被玷污的怨恨或許一直沉積在芳子的心底，直到現在才吐露實話，但芳子對於兩人的第一次始終心懷怨恨，這令元田有幾分意外的狼狽。

元田已經什麼都不想說了。對於趴著哭泣的芳子，他頭一次產生肉體上的厭惡。看起來就像女人失去羞恥心的醜態。之前元田一直覺得逃來公寓投奔他時的芳子惹人憐愛。雖然可憐，卻非醜陋的回憶。

元田甚至開始懷疑，芳子的反抗之中，是否也含有真正的憎惡。

芳子自己似乎也開始害怕精神異常，她找元田商量，也開始看宗教書籍，插花放在壁龕裝飾，偶爾還自己點茶[1]。

可是她隨即態度一轉，翻找元田桌子旁邊的垃圾桶，檢查廢紙。那還算是好的。她甚至從女傭的衣箱找出信件，偷偷翻閱。即使猛烈的雷雨來襲，打濕女傭面北的房間紙拉門，芳子也沒發現。

不久，女傭就自請辭職了。她打從心底傷心和芳子分開，是哭著離開的，可是芳子事後卻一一數落女傭的缺點。元田對芳子居然也會用這麼惡意的眼神看人感到很傻眼。

之後，看到芳子疑似寫給娘家的信件時，元田只覺得，芳子已經瘋

1 點茶，日本茶道中，以茶筅攪拌抹茶，使其均勻混合並產生細膩泡沫的沖泡方式。

了。芳子似乎是在元田的桌前寫的，元田發現一疊已經裝訂好的信紙，但是她要寄出這樣沒寫完的信，首先就很奇怪。

信中內容說，芳子有孕在身卻天天遭到元田虐待，實在忍無可忍，因此想離婚。元田只不過是在芳子抽菸的那天早上打過她一下，她卻寫得好像天天被拳打腳踢。不知是為了給娘家父母製造震撼效果所以誇大其辭，還是患有被害妄想症，元田有點無法判斷，總之，除了暫時讓芳子回鄉下住，好像別無他法了。芳子在信上還提到，在東京這裡無法生孩子。

這次同樣是芳子的姊姊來接她。

先行返鄉的女傭，似乎已報告過一些情況，姊姊並沒有太責怪元田，

「女人一旦有了孩子，有些人好像特別需要別人的細心呵護。起初是不是發生過什麼事？你固然太年輕，芳子也還是孩子……」

姊姊笑著說。

芳子忘記自己在信上說想離婚，再三對元田哭訴，叫他等孩子出生時

一定要去接她。還過來給元田看她的打扮，問他妝容和衣著這樣行不行，握著他的手不肯放。搞得元田覺得好像一切都是自己的錯。芳子的頭髮也留得很長了，但是額頭的髮際線好像比以前略顯稀疏。

「奇怪了。妳不是胖嘟嘟的嗎？」

芳子的姊姊也說。

芳子瞞著元田，在桌子抽屜裡，又留了「遺書」才走。捉摸不透的女人心令元田深有感觸。她連自己的和服與襯領都一一詳細寫下。可見應該還是打算回到這個家吧。

可是，後來元田不管怎麼寫信，芳子都沒有回音。之前的女傭通知元田，說他寄去的信，全都被芳子的母親扣下，不給芳子看。

如果就此被迫分手，這段短暫的婚姻生活，未免太像惡夢了吧？元田很自責，同時也不知該對什麼氣憤才好。有時半夜忽然醒來，就會湧現芳子可能隨時會死的惆悵情懷。

——芳子已順產男孩。

元田接到這樣的電報時，已是深秋。

元田一走進產房，芳子就嫣然一笑，眼也不眨地看著他，但她忽然把碎髮撩到耳朵後面，彷彿臨時想起似的，給嬰兒含住乳房。

「妳的奶水好像很多。」

「其實不大夠。需要牛奶……」

芳子安靜地說。彷彿什麼事都沒發生過，神情安詳又幸福，猶如被洗滌過那般美麗。

「人家都說這個媽媽太小、太可愛了，看了都好笑……」

芳子的母親說著也進來了。

的確，芳子好像變小了，再度看似楚楚可憐的少女。

菊花田遠處的柿子被傍晚初升的新月照亮。

「好美。」

「是啊，今年柿子豐收……」

母親也和元田一起看著柿子。

元田感到奇怪，這樣真的沒事了嗎？他忽然覺得難以置信。

像魔術師一樣把芳子變成種種不同的人，玩弄於股掌之上的新生命，用宛如純真猿猴的姿態，強力吸吮著一度面臨死亡深淵，一度逼近瘋狂的母親乳房。

離人

轟然一聲地鳴，房子搖晃，窗戶玻璃也吱吱作響。

「好耶！」

佐紀雄發出歡呼，衝到陽臺上。

雜樹林的院子裡，雉雞尖聲啼叫。

這個夏初，淺間山發生相當大規模的火山爆發。

此刻剛從火山口升起的濃煙中，只見火色噴濺如煙火。不知那是電光？抑或是火石？

不過，佐紀雄的父親和母親，靜靜坐在室內的椅子上，始終望著噴火。就算不去陽臺，從這個房間的窗口也可將淺間山看得很清楚。

在輕井澤，能否看見淺間山，甚至被當作評估地價的條件之一。別墅的租客和來訪者，也習慣用「可以看見淺間山」當作見面寒暄的第一句話。

這座自古以來的名山，不只雲遮霧罩若隱若現，由於是光禿禿的活火山，反而隨著季節和時刻的更迭，不斷變換山體表面的色彩。

佐紀雄家的別墅矗立在面南的山丘上，但是可以看見淺間山的西側也是斜坡，因此只有西邊砍掉了雜樹林。而且為了遮擋夕陽，只留下一棵大榆樹。

這棵榆樹，四周沒有遮蔽之物就這麼傲然獨立，盡情伸展的枝椏朝四面八方擴展，甚至使其尖端全部有點下垂，似乎比房子還巨大。細小的葉片在肌膚感覺不到的微風中也不停搖曳。

佐紀雄小時候每到夏天，都會把這棵大榆樹當成幸福的綠傘，抱著童話般的心情親近這棵樹。他也依稀記得兒時，母親喜歡把藤椅搬到樹幹的根部坐在那裡，他被母親抱在懷中，眺望葉片背面之間露出的天空。

而且，佐紀雄從小只要淺間山一噴火，就會立刻衝去陽臺，因此被父母笑話。為何要那樣做，他自己也不明白。

佐紀雄家的陽臺也為了看淺間山，從南邊繞到西邊。

榆樹位於略偏南的西邊。淺間山則在那右邊，稍微偏北的西邊。

佐紀雄從陽臺上一看，是個月夜。

月光遙遠清澈，但靜謐厚重的天空中，火山噴出的濃煙冉冉抬頭。那看起來就像堆疊起漆黑的累累巨岩，又像是揮舞地底隆起的肌肉。

火山剛爆發之後，這不像是煙，倒像是可怕力量凝結的固體。之後它升至數千尺的高度，遮蔽天空，夾帶遠及數里之外都會落下火山灰的氣勢，彷彿剛從大地的炮口射出。這樣巨大的力量，能以如此具體的形狀看見，除此之外恐怕找不出第二個。

而且，和暴風雨及海嘯不同，這團力量，是可以安靜眺望的。

想拍攝淺間山噴火的攝影家，似乎都是競相拍攝爆發的瞬間和剛爆發後的景象，佐紀雄亦然。

因為等到濃煙完全升起，或是向旁邊蔓延擴散後，就不覺得是在看噴火了。緊迫感已鬆弛，魅力淡去。噴煙中閃電似的火花也沒了。

看著火山爆發的瞬間，毋寧忘記恐懼，滿心歡喜，但是等到濃煙把連頭頂上方的天空都遮蔽時，已經只剩恐懼。

或許可以說，這是人們驟然面對大自然的威力，為了對抗而變強大後，又恢復軟弱。

剛才是在轟然巨響的同時就衝出房間，所以今晚的佐紀雄可以完美地觀賞噴火。

高原月夜的天空下，噴煙宛如岩塊的重力感，更加強烈。

當然此刻才剛入夜，所以一定有很多人看見。但是巨大的孤獨逼近佐紀雄，彷彿天地之間除了自己，沒有任何人目睹這次噴火。

寂寞的無人世界，似乎只有地靈的怒火騰騰。

倏忽靜謐如冰原。

佐紀雄一手抱著陽臺的圓木柱，眼也不眨地望著。

噴煙互相扭絞糾纏，逐漸上升。

看起來像是慢吞吞地蠕動，其實上升速度一秒高達二十米。一分鐘就升到千米高度。

幸好此刻無風，雲柱筆直升起，最後頂端如蕈蓋或雨傘那樣張開。然後擴散到整片天空。

也籠罩到佐紀雄正上方的天空。

濃煙從西邊飄來，月亮在對面的東邊天空，因此噴煙的邊緣和月光在空中相會處，瀰漫霧帶似的微明。

厚重的濃煙散開變形，佐紀雄感到，從那發出暗光的雲層，彷彿會有什麼恐怖降臨。

正好就在這時，弘子的手輕觸佐紀雄的肩膀。

那抹女人的氣息，一瞬間讓佐紀雄以為是火山噴火的氣味。

由此可見，佐紀雄是如何敞開心扉專心眺望噴火。

弘子的體味，也似乎被深深吸進體內最深處，佐紀雄很驚訝。他的肩膀顫抖。

「好可怕。」

弘子說，似乎不自覺依偎過來。

「不，不可怕。」

佐紀雄聽見自己的聲音高亢得分岔，連忙低頭。

雉雞高鳴的那片雜樹林，從茂密的葉片之中，雖然灑落些許月光，但是土地黑暗。

佐紀雄又仰望天空。

「好可怕。」

弘子再次呢喃。

黑煙形成的雲柱，彷彿不祥的黑幕遮蔽月光，已經開始垂落。

「不可怕。」

佐紀雄冷漠地回答。

「是嗎？聽說你喜歡看火山噴火？」

「也不是喜歡。」

「哎喲。可是，剛才你媽媽是這麼說的喔。她笑著說，『又衝出去了，這孩子真奇怪。』」

弘子像對小孩說話時那樣說。可是，是對所愛之人說話時的那種聲調。弘子也被噴煙吸引了注意力，而且自己都沒察覺的恐懼，讓弘子更加嬌媚。

佐紀雄沉默。

弘子的聲音帶有少女特有的甜美，滲透佐紀雄的心扉。他忽然有點悲傷。小時候的事，好像又被喚醒回憶。

「進去吧。」

弘子放在佐紀雄肩上的手指像要示意，

「好。」

佐紀雄不動。

「你要這樣看到什麼時候？你還真好奇。」

不過，弘子也就此鎮定下來，

「你媽媽，是個很過分的人欸。」

說著，她笑了一下。

「她盯著我看了一會，緊接著就感嘆說我曬得好黑。她還說，如果有媽媽在，今年應該不會讓我打什麼網球。她是說我媽媽喔。於是我就起身出來了。她這才吃了一驚，好像察覺自己講錯話……。我好像不該起身走出來。這樣很尷尬，你陪我一起回房間吧。」

「妳媽什麼時候過世的？」

「我媽？」

弘子像要用放在佐紀雄肩膀的手指回答，

「在我七歲的時候喔。是我上小學的那年。因為我早生月份大。」

佐紀雄甚至可以親身感受到，弘子的手指有多麼柔軟。那裡似乎熱熱的。

而且，夏天的內衣外面只穿了襯衫，所以一想到自己肩膀的骨頭想必正被弘子的手指觸摸，臉頰就開始發燙。

「我的事情，對你爸爸媽媽而言，真有那麼意外嗎？」

弘子喃喃自語。

佐紀雄沒有回答。他無從回答，而且若要回答，就必須徹底放下少年人特有的羞恥。

「好像真的很驚訝呢。是我不該上門說這些嗎？」

佐紀雄依舊沉默，但是就在他幾乎要對弘子產生一絲憤恨時，忽然有砰砰砰的聲音，敲擊鐵皮屋頂。似乎是落下大顆冰雹，但是聲音比冰雹更寂寥空虛。

「哎喲，哎喲。」

弘子很害怕，抱住佐紀雄的肩膀。
「哇，好討厭，不得了了。」
聲音驟然變多。屋頂有小石子滾動。也有雜樹林的樹葉拍擊聲。
「很危險欸，佐紀雄。」
弘子想向後退，佐紀雄卻反對，
「不，沒事。應該只是稍微大一點的火山砂吧？」
「砂？那才不是砂子，是石頭。」
「不，這點程度還算是火山砂。小於三公釐的都是火山砂。」
「天啊！」
弘子似乎很受不了。
屋頂，樹林，都有倉皇的不安逼近。掉落的聲音零零落落，更添恐怖氣氛。
弘子整個身體僵硬地縮成一團。

「佐紀雄，佐紀雄。」

母親的呼喚聲傳來。

「佐紀雄！」

弘子顫抖地說，另一隻手搭在佐紀雄的肩上，幾乎向後倒下，

「不能再看了，真的。」

「沒關係。」

佐紀雄用力甩開她。

「哇！」

弘子腳步踉蹌地說，

「你真是怪人。」

然後，她稍微退後，看著佐紀雄的臉。

「哎呀，佐紀雄！你哭了？怎麼了？」

被她這麼一說，佐紀雄眨眨眼，眼淚頓時如決堤般滑落臉頰。

弘子再次把手放到佐紀雄的肩上，

「你怎麼了？對不起。是我的錯？」

「不是的。」

「那你在傷心什麼？」

「我沒傷心。」

「那你到底怎麼了？」

佐紀雄自己也不明白。甚至不知道之前已經快要哭出來。

或許是一聽到小石子落在屋頂的聲音，頓時失去了某種支撐吧。

佐紀雄雙眼含淚，對弘子而言太意外，只感受到某種少年的純粹。

然而，多少也覺得那是出於十五、六歲的男孩子惹人厭的任性。

弘子感到有點負擔，同時依偎著佐紀雄站立。

「火山灰落下來了。」

佐紀雄說。

樹葉倏然以沉靜的聲音開始飄落。

小石子的聲音也變得稀稀落落。

「是啊。火山灰落下來了。已經沒事了吧。」

「對。」

「你的心情，也沒事了？」

對此他沒有回答，

「好像連很遠的地方都有飄落。」

佐紀雄說著仰望天空。

污濁如灰色濃霧，雖是月夜卻反而有種討厭的昏暗，兩人豎起耳朵，傾聽火山灰飄落樹林的聲音。

「沙沙沙地很乾爽呢。」

弘子小聲說，湊近看著佐紀雄的臉，

「好了，我該走了。你不會再哭了吧。」

佐紀雄沉默。

弘子從窗外向佐紀雄的父母道別。

母親來到陽臺上，頻頻挽留她，叫她等火山灰落完再走，

「媽，洋傘。」

佐紀雄說。

「對喔。」

母親喊女傭拿傘來。

「媽，再拿一把傘。」

「好。佐紀雄，你送送人家。」

「不了，沒關係，真的不用，阿姨。」

弘子說著，已經來到雜樹林的院子，走下山丘去了。

佐紀雄追在後頭。

聽到腳步聲，弘子在高大的核桃樹下等他。

「謝謝。送我到市區吧。」

弘子說著，把傘歪向佐紀雄。

「好像不需要傘欸。」

「傘我來拿。」

「不用了。」

「我來拿。」

「是嗎？」

弘子把傘交給佐紀雄。

「去年夏天，火山大爆發的時候，我把這把傘倒過來，放在院子裡喔。」

「為了接火山灰？」

「對。大概裝了三分之一桶的火山灰吧。」

邊聊邊走之際，弘子再次輕輕抱住佐紀雄的肩膀。

兩人合撐一把傘，更方便走路，但佐紀雄始終保持沉默。

弘子很溫柔，

「怎麼了？又難過了？」

從林間小路過橋後，寬闊的路面有朦朧的月光。

「妳為什麼要嫁人？」

佐紀雄語速很快地說。

弘子愣了一下，隨即開朗地笑了，

「哎喲，我出嫁有這麼不可思議嗎？」

「是嫁給不大認識的人欸。」

佐紀雄唾棄地說，聲音顫抖地繼續說。

「喜歡妳的人明明很多……。我都知道喔。」

「嫁給不大認識的人啊。」

弘子唱歌般重複他的話，

「都是這樣的。」

「我覺得很不可思議。」

佐紀雄憤怒地說，肩膀一縮甩開弘子的手。

說要結婚的人，卻若無其事地摟抱自己的肩膀，佐紀雄覺得無法原諒。

歲暮

一

——亡友之妻知何處，年終歲暮至。

加島泉太低吟類似俳句的句子。他並不是想吟詩作對，只是當下動念，自然地脫口而出。

泉太很少看別人寫的俳句。自己更沒有寫過。所以，這到底算不算是俳句，他難以判斷。

是該用「知何處」，還是「知何所」，或者該用「知何蹤」，他拿不定主意。不過，起初就是低吟「知何處」，況且，那樣比「知何所」和「知何蹤」更接近現代口語，他覺得應該比較不做作。

泉太把這句寫在紙上，「知何處」的旁邊，寫下「知何所」和「知何蹤」，換言之是三者並排，

「妳看，哪個比較好？」

他拿給女兒泰子看。

泰子接過紙，稍微瞄一眼父親，然後再次垂眼看著那張紙，

「亡友之妻知何處，年終歲暮至。」

她小聲朗讀。

「知何所……知何蹤……」

「妳可以再唸一次嗎？」

「再一次……？亡友之妻知何處，年終歲暮至。亡友之妻知何所，年終歲暮至。亡友之妻知何蹤，年終歲暮至。」

泉太閉著眼傾聽。

就此，沉默片刻。

「哪個比較好？」

這次他催促泰子說。

「嗯？」

但是對泉太來說，這三種說法，已經無關緊要了。俳句本來就不是什麼問題。其實他只是想聽女兒的聲音。

泰子在一週前，從婆家回來時，泉太聽著女兒的聲音，忽然就想驚嘆「啊啊」。那種感受有點難以說明。

那是八、九個月前還朝夕可聞的聲音，是本該隨時都在泉太家的聲音——聽著女兒久違的聲音，泉太好像忽然覺醒。與其說是遇見血脈相連者的懷念，更多的還是自己的感受。在自己內心源源不斷，卻被埋沒了一陣子的東西，好像倏然開花了。那是一種驚喜。

其實不是值得喜悅的騷動。泰子打算和丈夫離婚，是逃回娘家來的。

泉太身為父親當然很困惑。

儘管如此，聽到女兒的聲音，深有所感地驚嘆「啊啊」，是一種生理本能。

泰子的臉頰凹陷，眼白泛青。下眼皮不停顫動。

笑容雖然和出嫁前相比沒什麼改變，但是努力微笑時，白牙映入他的眼簾，格外惹人心疼。

泉太甚至盡量不去看女兒。

儘管如此，女兒的聲音還是令泉太喜悅。自己都沒察覺，渴求的東西，似乎終於得到滿足。

不過，對女兒的聲音有這種感受，並非頭一次。女兒出嫁後，打公用電話回來時他也曾感受到。

聽到女兒的聲音，覺得奇怪的泉太，刻意問些無用的問題延長對話。

「我只拿了一個五錢銅板來，可以掛電話了嗎？」

泰子說。

「妳這傢伙準備得太不周全了。當然應該多帶兩三個銅板。」

「哎喲……是，爸爸……」

電話斷了。

泉太浮現微笑。

驀然間，他想起妻子年輕時的聲音。

忽然有點慌，不由蹙眉。

竟然透過自己的女兒，回想妻子的年輕時代，這把年紀真是白活了。不過，不僅如此。

泰子很像母親綱子。聲音也像。和母女倆一起生活時的泉太，甚至想刻意尋找兩人不相似之處。被外人這麼說時，雖然半信半疑，但因為次數太頻繁，也會有點不愉快。還有點難為情。

聲音相似，這點泉太也充分認同。

綱子的外表比實際年齡年輕，尤其是聲音，過了四十歲後也完全不顯老。甚至年輕得不自然。外人也說，如果隔著紙門聽見，八成會以為是泰子的姊妹。

綱子年輕的聲音，有時也令泉太尷尬。

因此，透過公用電話聽泰子的聲音，回想起綱子昔日的聲音，並不值得奇怪。不過，泰子還沒出嫁時，並非如此。或許不能說完全沒有。抑或，他總是在泰子的身上看到綱子年輕時的身影。儘管如此，那也是類似於家居服，而講電話就像是外出服。

獨生女泰子出嫁後，泉太看適婚女子的眼神，逐漸有點不一樣。走在街頭時，他會因女孩的背影驀然一驚，

「喂，那不是泰子嗎。」

有時因此加快腳步。

「不是啦。不是啦。」

綱子斬釘截鐵說。

泉太很沮喪，卻還是賭氣地繼續追著女孩。綱子不服氣地跟來，

「真是的，你明明就知道不是。」

「可是，那是個好女孩。」

「是啊。」

綱子意興闌珊地說，

「就算是好姑娘，也不可能嫁給咱們家的明男……。你簡直瘋了。」

「女人真無情。」

「你才是，提不起放不下。既然那麼捨不得，當初別把她嫁掉不就好了。」

「我又沒說捨不得。」

做母親的人好像更想得開。把女兒視為終究會離開的人，現在只求女兒在婆家過得幸福，說穿了很現實。

泉太卻帶有某種不確定，充滿幻想地追在女孩後面始終眷戀不捨。在街上遇見別的女孩，他也會暗忖這麼好的女孩難道也要嫁人嗎。想必是因為想起自己的女兒，才會注意到別的女孩，不過，不只是那個原因。

其實自己也不是不能成為那種女孩的戀愛對象——活到這麼大把的年紀，卑鄙的性格卻抬頭了。

那或許是對泰子變相的不捨。

不過，把女兒嫁掉後，泉太也感到某種如釋重負的解放感。好像渾身一輕。但是，似乎也失去了心靈依靠。他到處打量別的女孩。甚至想像和年輕女人談戀愛。

青春的氣息，似乎隱約重現。

女兒在電話中的聲音，之所以令他想起妻子年輕的時候，或許也是那個緣故。

這是女兒出嫁後的父親皆有的心理嗎？

抑或，是泉太身為藝術家才有的特殊心理？

身為戲曲家的泉太，在泰子尚未出嫁時，有時也會讓她朗讀自己作品中年輕女子的臺詞。念起來拗口的地方就會修改。此外，年輕女子的嶄新用語，他也會聽取女兒的意見撰寫。

泉太此刻讓女兒唸俳句，也想起那種往事。

那些劇中人物，如今，彷彿有血有肉的活人，真的在哪生活著。

這也是親生女兒睽違已久的聲音帶來的力量。

二

泉太換了一張簽名板，再次寫下那首俳句。

還是寫「知何處」，因為無論用「知何所」或者「知何蹤」，他都漸漸覺得不成句子。

「妻子知何處」這句話，有點生硬。至於「年終歲暮」，則太平庸。

冷靜下來重看，句子本身好像就充滿嘲諷。況且，毛筆字也矯揉造作，很膚淺。

果然不該做不熟悉的事情，泉太感到厭煩。

首先，這樣的句子，就不可能賣錢。

泉太是在替報社寫簽名板。報社每到年底，都會在百貨公司舉辦名流雅士的親筆簽名及短句的即賣會，再將賣出的款項捐贈出去，已成歷年慣例。此外，還會分贈新年的年糕給窮人。泉太捐贈簽名，也是長年的習慣。

亡友之妻知何處，年終歲暮至。

這種不祥的句子，不可能有人買。

不過，本來只要寫一兩張即可，報社卻送來過多的紙張，所以他才信筆塗鴉寫俳句。

這句的「亡友」是複數，因此，「妻」當然也是複數，但泉太其實是針對一個女人，寫出這一句。

那個女人，算是忠實讀者，十年來，一直持續購買泉太的簽名板。

收到對方來信聲稱初次購得泉太的簽名板時，那個女人在信中說自己是女學生，因此泉太有點心癢癢的微妙感受。對方以少女的口吻寫著，在會場購買時固然心跳急促，回家之後看著簽名板，心還是如小鹿亂撞。

泉太沒有回信。

隔年年底，對方再次來信說買了泉太的簽名板。她說很擔心萬一被賣掉了怎麼辦，會場開門前就在入口引頸期盼。這次泉太回信了，信中告訴她不需那樣做，若她想要泉太的簽名板，多少張都可以寫給她。他記住了那個女人的名字，木曾千代子。

隔年春天，千代子來信說她從女校畢業了。

那年，也就是第三年的年底，千代子也寫信來，說買了泉太的簽名板。

千代子在信上說，很想來拜訪他，卻遲遲沒有來。

終於來訪是在夏天，她一身清爽地穿著小千谷生產的亞麻和服，繫著有薊花圖案的腰帶。是個雖然有點不起眼，但身材嬌小、楚楚可憐的女孩。

泉太覺得好像被唬弄了。這樣的小姑娘居然是自己所寫戲曲的忠實讀者，太令人意外。他很錯愕。

「妳會看我寫的東西？別鬧了。」

泉太劈頭就不客氣地說。

「怎麼不會？」

「對妳自己，也不好喔……」

「噢？可是，要看什麼是我的自由吧。」

「自由……？可是，我是認真跟妳說真的。」

他這樣用力勸說，也很奇怪。畢竟作品一旦問世，誰要看他都管不著。

可是，若說自己的作品對世間多數人有益，泉太實在無法輕易相信。他內心多少有那種道德上的苛責。平日的那種苛責，如今以一名讀者的姿態出現，親眼看到千代子後，終於爆發了。

泉太寫的戲曲，陰鬱，殘忍。

「妳喜歡殺人？」

泉太脫口而出後不禁笑了。

千代子不知所措，看著泉太的臉，

「老師喜歡嗎？」

她反問，微微一笑。

長睫毛彷彿也在可愛地微笑。那是眼皮靈活眨動的小圓臉。

泉太的戲曲經常出現殺人。當然，他對殺人沒興趣。他將之視為人間最大的罪惡，痛恨不已。

描寫那最大的罪惡，藉此讓人憧憬與之成對比的最高美德，才是泉太的目的。

所以沒有惡人出場。

泉太的戲曲偶爾在新劇團上演時，也被當成善人詮釋。不過，扮演殺人者的演員，抱著「這個人物是善人」這種先入為主的觀感表演，其實泉太並不服氣。自己雖是善人，卻因身不由己的因素，或者，因為一時衝動，再不然，就是一時心神失常，才犯下殺人之罪，這種說法是對上天的冒瀆。基本上，認為自己是善人的這種想法，就很淺薄。演技流於皮相。

泉太就算會把別人當成善人，也只覺得自己是正邪不明的人。

可是，泉太寫不出惡人。或者該說沒那個能力去寫。

生來個性就過於軟弱天真，年近五十還無法徹底脫離兒女情長的泉太，有一部分是抱著挑戰自我的心態，刻意殘忍地處理劇中人物，描寫惡德。

如果安於世間美俗，泉太這種腳軟的男人，終究不可能登上藝術的險峰。

泉太認為，鞭笞劇中人物的同時，就是在鞭笞自我。或者，是反過來的關係。

有劇評家說泉太是冷酷的作家。遇上那種批評時，泉太會用自己內心溫情的目光，看待藝術遙遠的未來。

此外，明明是懷著厭惡寫成的作品，有時卻被批評是懷著愛情書寫。泉太雖然面露意外，不以為然，多少也有幾分竊喜，但他忽然發現，自己的愛恨都是軟弱的半吊子，心頭深感壓抑，終究意難平。

不過，當然，對於自己的作品和作中人物的愛情，就像不願被人發現的單相思，肯定是悄悄為之。

泉太習慣讓登場人物無論是遭遇，或者性格，都盡量和自己大不相同。絕不可能寫所謂私小說風格的戲曲。撇開所有的作中人物都是作者的分身這種想法另當別論，泉太就像要對自己渺小的生活發出悲慟的吶喊，描寫強悍生活的男女。

因此，泉太寫的戲曲，不像他貧瘠的生活方式，和他陰鬱的作風也扯不上關係，是五彩繽紛絢爛奪目的。情節起伏也令人眼花撩亂，人物的命運高潮迭起。或也因此吸引了一些讀者和觀眾。

泉太希望，那樣乍看之下過於強烈的戲劇，演員能夠盡量沉靜地演繹。甚至將大部分臺詞，都寫得難以大聲高喊。

但總之，千代子看起來，一點也不符合泉太的戲曲讀者應有的樣子。那麼，若問什麼樣的人才符合，泉太也答不上來，而且不想讓任何人看自己作品的矛盾，始終在泉太的心中，但他總覺得千代子特別不符合。

泉太和千代子對坐，也很不自在。

他覺得對於這樣的小姑娘，自己的作品只會灌注毒汁。而且，他想都無法想像，那些毒汁，會如何滲透這樣纖弱的小姑娘。

泉太的女兒泰子，當時還是個小學生，

「等自己的女兒到了適婚年齡，大概連變態的戲劇都不能寫了吧？」

當時，泉太還對妻子說，露出苦笑。泰子已經開始抓到什麼小說就看什麼。究竟該讓她看，還是該禁止，泉太無法自信地做出判斷。家中隨時隨地都散落著那種書，事到如今要禁止幾近不可能。對於泰子的濫讀，泉太也一直視而不見。他也曾在文人同好的聚會提起此事，詢問友人的孩子情況，徵詢身為父母的意見。他覺得女兒如果想當作家就麻煩了。況且，身為父親，還得在下筆時考慮到自己的作品會被女兒閱讀的問題嗎？他發現過去即使作品被妻子閱讀也坦然自若，或許那才是不正常。如果進房間時撞見泰子正在看他的作品，泉太就會慌忙離開。泰子有時也會臉紅。發現父親身為陰鬱殘忍的作家那一面，幼小的泰子不知作何感想。

泉太對自己這些年走過的路，感到愕然與虛無。自己寫的悲劇，只不過是稻草人在舞臺上聳起肩肘虛張聲勢、甩動破衣服的袖子跳舞罷了。稻草人就是作者。以為有觀眾的觀眾席上，只有蕭瑟的強風吹過。

「只有強風吹過嗎。」

泉太呢喃，彷彿要模仿那強風吹過，呼呼吹著躺在一個被窩裡的泰子額頭的細髮。

弟弟明男出生後，泰子就由父親抱著睡。那種陪睡的習慣持續至今。

泰子的妹妹頭瀏海，被泉太一吹，輕飄飄地掀起，隨即落下。最後分成二邊，露出額頭。

父親輕吹女兒頭髮的溫熱氣息，在這個可悲的作家看來，彷彿吹過人生荒野的強風。泉太充滿野心的工作，亦復如此。

泰子睡得很熟。

泉太吹了又吹。

「你在幹什麼？別這樣……」

隔壁被窩的綱子說。

「嗯。這孩子將來嫁人了，難道也要穿西式睡衣睡覺嗎？」

「說什麼傻話。」

「誰叫她養成壞習慣，如果不穿睡衣，就會敞開胸口老是感冒。」

泉太心想，自己在這世間生下的生物，只有兩個孩子，戲曲不過是死物。

他也考慮過想寫一篇可以給女兒看的作品，卻不知何故異常悲傷。

泰子和別人家的女孩千代子的情況不同。對於千代子，他並未悲傷。

可是，不想用自己的作品毒害小女孩這點倒是一樣。

如果可以毫無顧忌地直說，泉太差點就要犯規地脫口而出，

「我的戲曲，到底有哪點好。妳的存在，相較之下不知好上多少倍。」

既然是人，千代子的內心，說不定也住著不知有多可怕的惡魔。那玩意說不定伸出赤紅的舌頭，正在輕蔑地舔舐泉太的戲曲。

況且，正因為是纖弱的少女，或許反而偏要閱讀令人強烈不快的作品。

就像泉太虛張聲勢地寫作，千代子是否也喜歡和自己不相稱的戲曲

呢？

千代子筆挺地穿著亞麻和服，袖子甚至有點向外撐起。泉太熱得拼命擦汗，千代子卻似乎根本沒有流汗。

她的嘴唇似花苞，又似精心製作的小巧工藝品，格外惹眼。那的確只是臉孔的配件之一，但唯有嘴唇，看起來特別突顯。就像在花樹上發現頭一朵花苞時的感覺。而且，嬌小得幾可擁入懷中，是個圓潤的小姑娘。

「天啊？她那樣已經從女校畢業了？」

目送千代子的背影，綱子也很驚愕。

「腰帶很素雅呢。」

「那種人，如果穿著少女氣質的服裝，反而會太像娃娃很奇怪吧。」

「或許吧。」

之後千代子又來過兩三次，綱子也漸漸把她當成可愛的小女孩，喜歡上她。

泉太有時會不小心盯著千代子的嘴唇看。

第四年的年底，千代子再次買了泉太的簽名板。第五年也買了。泉太反而覺得抱歉，說她既然會來家裡，想要什麼他直接寫給她就好。

「可是，不買會覺得若有所失。每年必買的老師的簽名板，正在會場等我呢。」

千代子回答。

泉太聽來，此言分外溫柔。

第五次購買簽名板後不久，千代子和母親一起來訪。她說自己即將結婚。泉太彷彿忽然遭到突襲。

適婚年齡的女孩什麼時候結婚都不足為奇，泉太卻備感意外。

聽到這個消息時，自己的失落也令他意外。

千代子不好意思說出口，所以催促母親陪她一起來，順便母親也想來感謝一下多年來泉太對女兒的照顧——千代子的母親如此敘述之際，千代子始終低著頭，連眉睫都在微笑，臉色略紅。不過，她並未太羞赧。似乎很高興。

「以後也不能買我的簽名板了吧。」

泉太說。

「哎？怎麼會？」

千代子抬起頭，凝視泉太。

「我還是會買喔。」

「不，請別再買了。倒是現在，我寫點什麼當作臨別紀念吧。」

泉太在同樣是某家報社送來的宣紙上，寫下「朝聞道夕死可矣」。

「這是出自《論語》喔。」

千代子點頭，

「這句話我在女校的漢文課學過。」

泉太平時沒寫過大字，所以字更醜。看著看著，自己都覺得難為情。

他沒過過那種能夠強勁寫出大字的生活。

沉默片刻後，泉太結結巴巴地說，

「那個，聞道這兩字，請當作我寫的是愛夫。因為不可能直接寫愛夫……」

「哎呀。」

千代子愕然。

「啊，原來是這樣子啊。千代子，妳得到一句金玉良言……」

母親附和。

可是，泉太在那句話中，其實也流露自身的悔恨。

換言之，是悔恨自己不曾抱著「早上若能愛千代子，當晚死去亦可」的覺悟和千代子交往。所以當他聽說千代子要結婚時，才會為時已晚地驚愕失態。

泉太的一生，就是這種悔恨的連環與堆積。

那種悔恨如雪花不斷落下堆積，如冰冷結凍的荒野枯葉那樣不斷落下堆積，腐敗的森林，就是泉太的內心世界。

盡全力去愛在那當下邂逅的人事物，盡全力活過每一天，不留遺憾，這本是泉太的心願，卻任由時光虛度。

這句《論語》的話，泉太頗有切身感觸。那是從多年的經驗與悔恨中產生的。

「與人相會時，要盡量善待他人。因為不知幾時會分離，也或許永無重逢之日。」

泉太也這麼告訴妻子。

話雖平凡，卻含有泉太對過往歲月的感嘆。

而且，這個平凡的想法並不容易實行。

說要愛千代子好像很不冷靜，但那是指心態，換言之，和千代子漫不經心來往的這些年，泉太並未充分活著。

「都要結婚了，有死這個字，好像不吉利，但那是表達覺悟的說法。盡全力，盡全心……意思是要無悔地活著……」

泉太說。

除了期望千代子那樣愛丈夫之外，如今泉太已別無他法。

而千代子的出現也等於教泉太什麼是愛。她強調了不要吝惜去愛的愛，就此離去。

第六年的年底，泉太已經提不起勁寫簽名板。失去千代子這個買家後，有種莫名的失落。

然而，千代子還是買了。第七年也買了。

翌年，千代子的丈夫戰死。她生了一個孩子。

之後，千代子未再寄信給泉太。就此失去音訊。

年底的簽名板，千代子是否還有購買，泉太無從得知。

然而，每到年底寫簽名板時，泉太想起千代子是理所當然。

想。

亡友之妻知何處，年終歲暮至。

這樣的句子，如果送去報社，讓千代子在會場看到了，不知會怎麼

千代子的丈夫，其實算不上泉太的「亡友」。只是跟著千代子，來過

泉太家兩三次。

泉太從追憶千代子之舉，想起了幾個自己的「亡友之妻」。

如今不知身在何處，甚至下落不明的「亡友之妻」也不少。

茫茫人生的思緒，流過泉太的胸臆。

所愛之人
愛する人達

作　　者　川端康成
譯　　者　劉子倩
主　　編　郭峰吾

總 編 輯　李映慧
執 行 長　陳旭華（steve@bookrep.com.tw）

出　　版　大牌出版 / 遠足文化事業股份有限公司
發　　行　遠足文化事業股份有限公司（讀書共和國出版集團）
地　　址　23141 新北市新店區民權路 108-2 號 9 樓
電　　話　+886-2-2218-1417
郵撥帳號　19504465 遠足文化事業股份有限公司

封面設計　BIANCO TSAI
排　　版　新鑫電腦排版工作室
印　　製　中原造像股份有限公司
法律顧問　華洋法律事務所　蘇文生律師

定　　價　380 元
初　　版　2025 年 3 月

電子書 E-ISBN
978-626-7600-55-9（EPUB）
978-626-7600-54-2（PDF）

國家圖書館出版品預行編目資料

所愛之人 / 川端康成 著 ; 劉子倩 譯 . -- 初版 . -- 新北市 : 大牌出版 , 遠足文化事業股份有限公司發行 , 2025.3
256 面 ; 13×18.6 公分
譯自：愛する人達
ISBN 978-626-7600-56-6（平裝）

861.57　　114002284